Maria Beig
Hochzeitslose
Roman

KLÖPFER&MEYER | TASCHENBUCH

Maria Beig
Hochzeitslose
Roman

KLÖPFER&MEYER | TASCHENBUCH

Maria Beig wurde 1920 in eine kinderreiche oberschwäbische Bauernfamilie hineingeboren. Nach der Ausbildung zur Hauswirtschaftslehrerin war sie im Schuldienst tätig. Sie heiratete und zog nach Friedrichshafen. Nach ihrer vorzeitigen Pensionierung veröffentlichte sie mit überaus großem Erfolg ihre ersten Romane, »Rabenkrächzen« und »Hochzeitslose«. Für ihr Werk erhielt sie den Alemannischen Literaturpreis, die Verdienstmedaille des Landes Baden-Württemberg, die Ehrenmedaille der Stadt Friedrichshafen, den Literaturpreis der Stadt Stuttgart sowie den Johann-Peter-Hebel-Preis. Zuletzt erschien 2010 ihr Gesamtwerk bei Klöpfer & Meyer.

Hardcover-Originalausgabe Jan Thorbecke Verlag, 1983.

© 2013 Klöpfer und Meyer, Tübingen.
Alle Rechte vorbehalten.
ISBN 978-3-86351-107-4

Umschlaggestaltung:
Christiane Hemmerich Konzeption und Gestaltung, Tübingen.
Titelbild: Timeline Images/xingxeng, Fotolia.
Herstellung: Horst Schmid, Mössingen.
Satz: CompArt, Mössingen.
Druck und Einband: Pustet, Regensburg.

Mehr über das Verlagsprogramm von Klöpfer & Meyer
finden Sie unter *www.kloepfer-meyer.de.*

Inhalt

Babette

7

Helene

53

Klara

91

Martha

119

Mundartbegriffe

155

Babette

Es ist schon lange her, als es mit Babette anfing. In ihrem Elternhaus herrschte große Aufregung. Der Vettermann, so hieß man ihn, ein Verwandter, stand mitten in
der Stube, das Schneewasser tropfte von seinem Kittel
und floß von den Schuhen. »Der Lausbub soll sofort mit-
kommen«, sagte er mürrisch. Der Mann sah vom Weg
durch den Schnee und von der Sorge um das Kind
erschöpft aus. Sie hatten es überall gesucht, die Güllen-
grube war offengestanden, und der Mann hatte lange
mit einer Stange darin gerührt und gestochert, bei jedem
festeren Widerstand, auf den er stieß, von Entsetzen
durchzuckt.

Bald nach dem Mittagessen war Ludwig heimgekommen. Eine gute Stunde lang war er allein durch Wald
und Schnee marschiert. Der Schnee war es, der ihn vom
einsamen Hof, wohin man ihn im Frühjahr gegeben
hatte und wo er noch nicht daheim war, fortgetrieben
hatte. Die weiße Decke machte alles fremd, und obwohl
es erst Ende November war, kam eine weihnachtliche
Stimmung und Sehnsucht über ihn, die es ihm ganz und

gar unmöglich machte zu bleiben und ihn gezwungen hatte, sich heimlich fortzuschleichen.

Nun klammerte er sich an einem Tischbein fest. Er war klein für seine fünf Jahre. »Vater!« schluchzte er wiederholt, doch er sagte kein Wort. Dann nannte er alle Namen der Geschwister, die ihn umstanden. Sie schauten mitleidig und schadenfroh, beides zugleich. »Mama, Mama!« bettelte er. Diese redete jedoch auf ihn ein: wieviel besser er es als alle seine Geschwister habe, wie gut doch die Vettersfrau sei, was für ein reicher Bauer er einmal sein werde. Als sie eben dies sagte und er sich noch fester am Tischbein festhielt, kam die älteste Tochter aus der Strickschule heim. »Babette!« Es war ein Schrei zwischen Jubel und Verzweiflung. Ludwig stürzte auf sie los, und statt des Tischbeins umklammerte er nun ihres, ganz oben und ganz fest, trotz der dicken Röcke. Babette wurde es dort heiß, und ein wohliges Gefühl, eines, das sie noch nicht gekannt hatte, durchrieselte ihren Körper bis in die Zehenspitzen. Sie war wie gelähmt. Sie mußte seufzen, aber danach tat es an der Stelle, von der die Empfindung ausging, weh. Auch in ihren Brüsten, die erst vor kurzem angefangen hatten zu wachsen, spürte sie einen stechenden Schmerz. »So ist es sicher, wenn man Mutter wird«, dachte sie. Derweil hatte Ludwig immerzu »Babett, Babettle, Babe, Bäbele« gebettelt. Endlich konnte sie sich rühren; sie streichelte ihn und sagte: »Ich komme mit dir.«

Da ging der Aufruhr aufs neue los. »Wo ich schon lange darauf warte, bis du aus der Schule kommst«, jammerte die Mutter. »Wegen einem halben Jahr die Schule wechseln«, bruttelte der Vater, denn der Einödhof lag in einer anderen Gemeinde. »Ich wechsle nicht«, sagte Babette, »ich mache den ganzen Weg. Den Schulranzen lasse ich immer da.« Dabei holte sie ihn und fing an, Hausaufgaben zu machen, wobei sie Ludwig wegschob, damit sie die Buchstaben schön malen konnte. »Aber der Weg, wo jetzt der Winter vor der Tür steht!« warnte der Vettermann, der ein Glas Most trank. Als Babette fertig war, nachtete es bereits. Sie zog Ludwig das Jöppchen an, und die drei gingen in den Schnee hinaus.

Der Weg führte zuerst steil den Hang hinauf. Der Vettermann schnaufte arg. Babette zog schwer an Ludwig, den sie an der Hand hatte. Oben begann der große Wald. »Ich mag nicht mehr laufen«, sagte Ludwig weinerlich. »Komm, ich gräzebuckle dich.« Babette ging in die Hocke, und Ludwig setzte sich auf ihren Rücken. Sie konnte nun mit dem Vettermann nicht mehr Schritt halten, denn der Bub klammerte sich an ihrem Hals fest – immer wieder mußte sie den Griff lockern, um Luft zu bekommen. Bald merkte sie, daß der kleine Bruder eingeschlafen war.

Als sie aus dem Wald kam, blieb sie stehen. Der Waldrand lag erhöht. Vor sich sah Babette ein weites Schneefeld, das waren Vettermanns große Äcker und Wiesen.

Trotz der Nacht sah sie den Vettermann ein gutes Stück entfernt des Weges gehen. Der dachte beim Anblick seines Anwesens, das wie eine dunkle Insel im hellen Land lag, wie die Frau wohl noch voller Angst vor einem Unglück sei. Auch an die Tiere dachte er, die zur Nacht versorgt sein müßten. Darum ging er schneller und schaute nicht mehr zurück. Der Hof lag nicht inmitten der Schneelandschaft, sondern am gegenüberliegenden Waldrand.

Weil Babette stehengeblieben war und das Wiegen aufgehört hatte, wachte Ludwig auf und rutschte ihren Buckel hinunter. Babette nahm ihn wieder an der Hand. »Nach so einem Tag bist du müde«, sagte sie, denn er torkelte mehr, als daß er ging, »aber jetzt sind wir bald daheim.«

Die Vettersleute hatten ihre Betten in der Stubenkammer. Ludwigs Bett stand in der Oberstube, einem schönen, großen Raum. Man hatte für Ludwig extra ein Bett und einen Schrank machen lassen. Der Schreiner hatte es sehr schön gemacht; beide mit soliden Verzierungen. Das Bett war mittelgroß, kein Kinderbett und keines für Erwachsene. Die Matratze hatte man eigens beim Sattler anfertigen lassen müssen. Recht verloren stand es in einer Ecke der großen Kammer. Aber nun stellten sie das Bett aus der Magdkammer in die andere Ecke. Im Winter hatten sie eine Magd, denn die Vettersfrau war päp. Und da jetzt Babette hier sei, komme man auch im Sommer ohne Magd aus, meinte sie. Ludwig brauchte vor dem Einschlafen auch nicht mehr zu weinen. Die beiden kicherten miteinander, und zur Weihnachtszeit sang Babette Weihnachtslieder, bis er einschlief. Weil er wußte, wann sie ungefähr aus der Schule kam, ging er ihr immer entgegen. Wenn der Schnee freilich gar zu hoch lag oder es zu kalt war, hauchte er ein Guckloch in die Eisblumen am Fenster und stand so lange, bis sie kam.

Als Babette dann sogar nicht mehr in die Schule mußte, da wurde ihre Anwesenheit ein Fest für Ludwig und auch für den Vettermann! Alle Arbeit, alle Ruhe, selbst das Essen wurde durch Babette gut. Nur die Vettersfrau festete nicht mit. Wohl war sie froh, daß Babette da war, denn sie hatte gemerkt, daß sie dem Buben keine Mutter sein konnte. Jetzt war ihr diese Aufgabe auf so einfache Weise abgenommen, und sie hatte dazuhin eine rechte Hilfe. Die Vettersfrau sagte daher nichts gegen Babette, nur stimmte sie eben nicht mit ein in den Jubel. Zum Mann sprach sie allerdings manchmal davon, daß Babette ihr zu voll sei. Er sagte darauf, sie spinne, wußte aber nur zu gut, was sie meinte: ein klein wenig zu dick, mit Zöpfen aus dichtem und überlangem Haar, immerzu lustig, ein bißchen oberflächlich, eben voller Leben. Die Frau war in ihrem Äußeren und ihrer Art das ganze Gegenteil; ihr Sinnen galt dem ewigen Leben. Als Ludwig in jene andere Schule ging, zu der der Weg wieder durch einen großen Wald führte und die eine Dreiviertelstunde entfernt war, begleitete ihn Babette und ging ihm entgegen, wie vormals er ihr.

Im vierten Schuljahr mußte Ludwig in der Schule etwas vorsingen, allein, eine einfache Melodie. Er sang es so schlecht, daß die Mitschüler schallend lachten. Sogar der Lehrer mußte lachen. »Aber Babette, die kann singen«, sagte Ludwig, mit Tränen kämpfend. Der Lehrer wußte von allen Mädchen, wie sie sangen, von Babette jedoch nicht, denn sie war nie in seine Schule gegangen. Er war aber ständig auf der Suche nach guten Sängerinnen für seinen Kirchenchor, und so forderte er Ludwig auf, seine Schwester zu ihm zu bringen. Sie sollte ihm einmal vorsingen. Von nun an sang Babette im Kirchenchor, und daheim statt der Kinderlieder »Halleluja« und »Gloria«. Jetzt mußte (oder durfte) sie jeden Freitagabend zur Singprobe. Anfangs ging ihr der Vettermann in der Nacht entgegen, doch bald sagte sie, das brauche er nicht, schon als Kind sei sie durch dunkle Wälder gegangen, ohne sich zu fürchten.

Ludwig war der erste, der es merkte. Kam man vom Wald her auf das Dorf zu, war diesem ein großer, schöner Hof vorgelagert. Der Bauer war noch unverheiratet, er wirtschaftete mit seiner Mutter, den Knechten und Mägden. Die Leute sagten, Hans sei heikel, kein Mädchen sei ihm gut genug. Wenn Ludwig zur Schule trabte, richtete Hans es so ein, daß er vor dem Haus etwas zu tun hatte und er ihm etwas Lustiges zurufen konnte. Oder war Ludwig auf dem Heimweg, dann sagte er zu ihm: »Komm, wirf den Ranzen auf den Wagen, ich fahre sowieso zur Waldwiese.«

Der Bub behielt all dies ein gutes Jahr für sich, doch dann merkte es auch die Vettersfrau, und die behielt nichts für sich. Sie ballte die Fäuste gegen Babette: »Glaubst du denn, der heiratet dich, meinst du denn, wir gäben dir eine Mitgift, wie man sie auf so einem Hof braucht?« Babette lachte noch in sich hinein und dachte an den nächsten Freitag. Sie wußte nun schon lange, daß das schöne, wohlige Gefühl mehr dazu da war, jemanden lieb zu haben, als Mutter zu werden. Nein, von Heirat hatte Hans nie gesprochen, und nachdem es seiner Mutter hinterbracht worden war, verhielt er sich feige. Das Ende war jäh und häßlich. Hans ging nun Ludwig aus dem Weg. Wenn er nach seiner kurz darauf erfolgten Hochzeit zu ihrer beiden Schrecken mit Babette zusammenstieß, sagte er kein Wort zu ihr. Nach dem Ende mit Hans sang Babette eine gehörige Zeitlang während der Arbeit das »Kyrie eleison« und »Agnus Dei«.

Ludwig wurde aus der Schule entlassen. Nie und nimmer wäre er dorthin zurückgegangen, wo er herkam. Mit der Vettersfrau kam er gut zurecht, und der Vettermann war längst sein Vater. Kamen seine Kameraden, dann staunten sie, was bei ihm alles los war, trotz der Einsamkeit: Kletterbäume, Bäche mit Fischen, Gräben mit Molchen, Vogelnester und Fuchshöhlen. Am meisten stolz war er aber immer auf seine Babette. Dennoch sagte er eines Tages, er wolle nicht mehr bei einem Weib im selben Zimmer schlafen, zudem sei ihm das Bett jetzt zu klein. Es stand also dann mit seinen roten Barchentkissen verlassen in Babettes Kammer, Ludwig hatte die danebenliegende bezogen. Sie war bislang eine Art Vorratskammer gewesen, der Zuckersack stand darin, auf dem Tisch zu gegebener Zeit die Weihnachtsbrötchen, im Glaskasten nie gebrauchtes Geschirr, vorrätige Wachsrugel, und in einem anderen uralten Kasten wurden vergilbte Bettwäsche und das Versehzeug aufgehoben. Da standen Kreuz, Leuchter mit Kerzen, Weihwasserschlüsselchen mit dürrem Buchswedel und verschiedenförmige, rotbestickte Tüchlein und Tücher griffbereit. Dieser Schrank blieb seiner Heiligkeit und Schwere wegen stehen, sonst war alles ausgeräumt worden. Aus der Knechtskammer, die nun als Vorratskammer diente, hatte man Kleiderschrank und Bett geholt. Einen Knecht brauchte man nun nicht mehr, denn Ludwig half fleißig mit. Seine Kammer war der schönste Raum im großen Haus. Durch vier Fenster schien die Mittag- und Abendsonne herein.

Zu dieser Zeit bekamen sie in der Gegend einen neuen Briefträger. Der alte Bott versah den Dienst nicht mehr ordentlich. Er hatte ihn wohl nie gewissenhaft ausgeübt. Ihm fehlte ein Ohr. Das hatte er als junger Bursche beim Militärdienst verloren. Obwohl man bei den Menschen, wenn sie normale Ohren haben, diese nicht beachtet, entstellt es sie ganz oder gar, wenn mit einem Ohr etwas nicht in Ordnung ist oder es ganz fehlt. So war es bei ihm. Man fürchtete diesen Veteran deshalb sogar ein wenig. Vor allem die jungen Mädchen gaben ihm Most, soviel er wollte, damit er ihnen wohlgesonnen sei. Er kannte Adressen und Absender, und bestimmt hielt er nichts vom Postgeheimnis. Wenn er die letzte Station, den Einödhof, ansteuerte, war er meist schon schwer betrunken. Briefe bekamen sie zwar selten, doch der Postbeamte hatte auch das Tagblatt auszutragen. Solange Ludwig allerdings in die Schule ging, sah man ihn auf dem Hof nie, denn er lauerte Ludwig im Dorf auf. Während der Freizeit auf dem Schulhof übergab er ihm die Post. Für den Fall, daß sie sich verfehlen sollten, hatte der Bote Ludwig einen hohlen Birnbaum am Ende des Dorfes gezeigt, in den er dann die Zeitung legte. Dort blieb sie selbst bei Regen, Schnee und Sturm trocken. War Ludwig krank oder war Vakanz, hatte man tagelang keine Zeitung. Oft holten sie sie selbst aus dem Baumloch.

Der neue Postbote nahm sein Amt ernst. Er gab einen Brief nur an der richtigen Stelle ab und die Tageszeitung zur rechten Zeit. Da er ein Fahrrad hatte, was man sonst noch selten sah, wußte man auf dem Einödhof die Neuigkeiten meist schon vor dem Mittagessen. Der neue Bott war jung, das war der Unterschied. Er trank keinen Most während des Dienstes, von Babette nahm er allerdings manchmal ein Küchlein und schwätzte mit ihr eine Weile, während sie kochte und spülte. Der Einödhof war seine letzte Station. Und allmählich fing Babette wieder an, »Gloria« zu singen. Dieser Bott war nämlich ein besonders netter Bursche. Es war so lustig, ihn reden und lachen zu hören. Babette war zuerst scheu und ängstlich. Als er merkte, daß sie ihn mochte, war sein Glück unbeschreiblich. Sie war jetzt um die zwanzig. Das verflogene Leid hatte sie schmäler und schöner gemacht. Die Zöpfe lagen wie eine Krone um ihren Kopf, und wenn er kam, leuchteten ihre dunkelblauen Augen. Er ging behutsam mit ihr um. Sie sprachen von Hochzeit, wußten sogar schon den Monat. Er mußte noch zu den Soldaten, aber danach… Und sie planten und lachten, jeden Tag, außer sonntags, eine Viertelstunde lang. Diesmal wollte Babette das schöne Gefühl unbedingt aufsparen.

Einmal, im Sommer, kam er später. Sie war schon mit Spülen fertig. »Ich muß doch auf die Wiese«, dachte sie, da kam er endlich. »Wo bleibt sie denn so lang?« bruttele der Vettermann. Es war ein gewittriger, schwüler Tag, und eine Menge Heu war einzubringen. »Sie wird mit dem Bott bussieren, merkst du es denn nicht?« sagte die Frau gehässig. »Hol' sie!« brüllte sie, und der arme Vettermann ließ sich von der geifernden Frau aufhetzen. Auch die dringende Arbeit und das drohende Gewitter trieben ihn an.

Der Postbote küßte Babette eben, nur flüchtig, gerade im Gehen begriffen. »Du Lumpenmensch, du elendes«, schrie der Vettermann und stieß Babette an die Wand. Ihr Kopf schlug böse an, und sie fiel auf den Boden. Dem Burschen, der fassungslos dastand, schlug er die harte Faust ins Gesicht. Er blutete sofort aus der Nase und drimmelte aus der Tür. Im Wegradeln wischte er sich immer wieder das Blut ab. Von da an kam er nicht mehr.

Zwischen dem Vettermann und Babette war nun etwas gerissen, auch zwischen ihm und seiner Frau. Doch ein Mann kann ohne eine Schnur zu einer Frau nicht sein, so fing er jetzt an zu kränkeln. Und Babette sang nicht mehr. Ludwig mußte sie beim Lehrer entschuldigen; sie sei krank. Die Vettersfrau hörte aber nicht auf zu schimpfen. Babette müsse trotzdem in die Kirche, und Babette stellte sich im Kirchenschiff zu den Gleichaltrigen. Sie sei ja gesund, ließ der Lehrer bestellen, aber Ludwig beteuerte, sie sei immerzu heiser. Als der Lehrer die Weihnachtsmesse einüben wollte, fehlte Babettes Stimme. Er ging selbst auf den entlegenen Hof und redete dringend und wohlgekonnt, daß zu Gottes Lob und Ehre zu singen doch das einzige sei im Leben, das zählte. Babette gab nach und ging wieder zur Probe und zum Amt.

Da war ein Mann im Kirchenchor, der schon einige Jahre dabei war. Er hatte eigentlich mehr zu sagen als der Lehrer; er war es, der die Mädchen verbesserte, wenn sie zu laut oder zu langsam sangen. Er selber sang einen schönen Baß. Dazu war er ein schöner Mann. In seinem Gesicht und an seiner Gestalt gab es nicht das Geringste, das störte. Babette war durch die erneute Enttäuschung eher schöner geworden, nicht mehr rotbackig und drall. Den ganzen Winter lang schaute der Mann sie an. Sie sah die Reihe blendend weißer Zähne, wenn er den Mund zum Singen aufriß. Er forderte Babette auf, mit ihm das Duett zur Osterfestmesse zu singen. So waren es zuerst ihre Stimmern, die sich umschlangen, sich reizten und versöhnten, gleichklangen und sich entfernten. Im Kirchenschiff drehten die Leute die Köpfe und schauten nach oben; auf dem Heimweg dann sagten sie zueinander: »Der Jäger und die Babett haben wieder schön gesungen.«

Erst an einem schönen Maiabend, sie hatten vorher ein Minnelied für die Jungfrau eingeübt, stand er am Waldrand. Er hatte das Gewehr umgehängt und fragte, ob sie keine Angst habe, so allein im Wald. Da lachte sie, und sie fuhren aufeinander los, wie vorher ihre Stimmen. Er ging nicht zimperlich mit ihr um, sie sei eh keine Jungfrau mehr. Jeden Freitag könne er sie nicht begleiten, das würde auffallen, höchstens einmal im Monat. »Wann hast du denn deine Tage?« Diese Frage beleidigte Babette. »Ich müßte ihm ins Gesicht schlagen und weggehen.« Sie war ihm jedoch schon verfallen. Er bestimmte den jeweiligen Freitag des Monats. Er war nämlich verheiratet. Seine Frau hatte ihn nur wegen seiner Schönheit genommen. Sie selber war eher häßlich, besaß aber einen großen Hof, auf dem er nun den Herrn spielte. Er ritt aus, was kein Bauer der Gegend außer zum Blutritt tat, ging Fischen und Jagen und eben zum Singen. Bei Babette beklagt er sich bitterlich über seine abscheuliche Frau, nicht einmal ein Kind schenke sie ihm.

Niemand bemerkte etwas, denn die beiden stellten es geschickt an. Er schäkerte nach außen hin mit anderen Mädchen und fuhr Babette an, sie singe falsch. Dann kicherte sie auf dem Heimweg und lief zum Nest. Babette hatte es im oberen Wald gebaut, weil es nicht direkt am Weg lag. Im Dickicht zwischen zwei Buchen hatte sie es aus Ästen, Zweigen und Moos eingerichtet. Der monatliche Freitag war ihnen bald zu wenig, auch außerhalb der Singproben trafen sie sich dort. Geschickt tuschelte er ihr in der Kirche Tag und Stunde zu. Und weil sie von ihren abendlichen Waldgängen sofort wiederkam, dachte sich niemand etwas dabei. So trieben sie es mehr als zwei Jahre lang.

Babette hatte während dieser Zeit etwas von einer Büßerin an sich. Sie war still, fügsam und fromm. Der Vettersfrau gefiel das, aber Ludwig schaute sie öfters ängstlich an, und der Vettermann hatte ihretwegen ein ungutes Gefühl. So sprach er immer wieder zu seiner Frau davon, daß er es bereue, das mit dem Bott, und daß man Babette verheiraten sollte. Babette war geschickt im Nähen, und im Winter sagte die Vettersfrau einmal zu ihr: »Du brauchst nicht dauernd Holzhandschuhe für die Mannsbilder zu machen und ihre Hosen zu flicken. Ich habe Leinwand für dich gekauft, nähe an deiner Aussteuer.«

Ja, wenn Ludwigs Soldatenzeit vorüber sei, werde man für sie einen rechten Mann suchen. Nur wenn die Vettersfrau in der Stube war, säumte Babette lustlos an den Leintüchern, sobald die Frau jedoch mit Bohnenbrätschen fertig war und hinausging, langte sie nach einem zerrissenen Männerkittel.

Es war dann im Sommer, und Babette wartete vergeblich im Nest. »Warum hat er vorhin nicht gesagt, daß er nicht kommen kann?« Am darauffolgenden Sonntag und bei der nächsten Probe fehlte er. Jemand wußte, daß er nicht krank war, denn man hatte ihn reiten sehen. Dann tauchte er wieder auf und schrie Babette an, sie singe zu schnell. Voller Glück rannte sie nachher an den Ort, umsonst. Am Sonntag, als beim Gottesdienst die Wandlung nahte, bei der sie auf dem Chor nichts zu singen hatte, kniete Babette dicht neben ihn an den Rand der Empore. Das tat sie sonst nie, doch nun hielt sie es nicht mehr länger ohne eine Erklärung aus. Mitten in der heiligen Handlung gab es unten ein Gepolter, und es entstand eine Unruhe. Jemand mußte ohnmächtig geworden sein. Die, die vorne auf der Empore knieten, beugten sich über den Rand, und da sah Babette, daß es seine Frau war, die man fürsorglich zum seitlichen Ausgang führte. Die Schwangerschaft war noch kaum zu sehen. Sie streckte jedoch im weiten Kleid den Bauch vor, und Babette sah ihre umwickelten Beine. Als die Frau draußen war, schaute der

Mann Babette mit einem ganz erbärmlichen Blick an. »Wie unser Hund, wenn er trotz aller zu erwartenden Schläge wieder eine Henne gerissen hat«, dachte Babette. An diesem Sonntagabend ging sie noch einmal an den Ort. Sie rannte geradezu dorthin und umarmte eine der beiden Buchen. Zuerst erschrak sie: »Wie kalt und steif der Baumstamm ist!« Doch dann preßte sie sich an ihn, weinte und wollte nicht aufhören, ihn zu küssen. Plötzlich löste sie sich aber vom Stamm und fuhr auf das Nest los. Sie schleuderte die Äste weg, zerstampfte Zweige und Moos. Danach sah es aus, als ob ein Wildschwein dort gehaust hätte.

In diesem Sommer begann der Krieg. Ludwig mußte vorzeitig zu den Soldaten. Der Vettermann sagte: »Babettle, wir müssen heute Haber mähen.« Beide fingen mit dem Geschirr zu mähen an, doch als der Vettermann die zweite Mahd begann, liefen seine Lippen blau an. Er mußte immer wieder verschnaufen und sich schließlich daheim hinlegen. So hatte Babette viel und schwere Arbeit im ausgehenden Sommer, viel im Herbst, als der Vettermann noch angeben konnte, was zu tun sei, und viel auch im Winter mit all dem Vieh.

In einer föhnigen Frühlingsnacht weckte die Vettersfrau Babette. Sie fürchtete, es gehe mit dem Mann zu Ende. Es war schlimm, ihn so nach Luft ringen zu sehen. Alles, was der Arzt verordnet hatte, half nichts. »Morgen früh werde ich den Pfarrer holen«, sagte die Vettersfrau.

Nun hatten sie aber seit Kriegsbeginn einen eigenartigen Pfarrer. Er war noch jung. In seinem schwarzen Gewand sah er aus wie ein Bub, der zur Erstkommunion geht, und hatte er die Meßgewänder an, dann glich er einem Christbaumengel. Seine rosa Haut hatte Sommersprossen, die Haare waren rotblond. »Er wird nicht zum Soldaten taugen, so schmalbrüstig wie er ist«, sagten die Leute. Auch zum Priester tauge er nicht recht, meinten sie, denn er verrichte alles so, als sei er es gar nicht selber. Während der Predigten hätte man meinen können, ein unsichtbares Blatt, von dem er abliest, schwebe vor seinem Gesicht.

Ob es sehr eilig sei mit dem Versehen, fragte er die Vettersfrau, er müsse Religionsunterricht halten. Er komme am Nachmittag. Sofort nach dem Essen war er da. Bei der Beichte ließen die Frauen ihn mit dem Vettermann allein, bei der letzten Ölung schauten sie zu und beteten. Den Vettermann ermüdete das alles, und er schlief ein. Die Frau schaute, ob er tot sei oder nur schlafe. Als der Pfarrer aus dem Haus ging, sah er, wie Babette auf einem nahen Acker anfing, mit Handpferd und Pflug Furchen zu ziehen. Am Ackerrand standen volle Kartoffelsäcke. Als er so dastand und sich umschaute, erblickte der Pfarrer einen alten Kittel, der an der Stalltür hing. Da konnte er es nicht lassen: in der Stube tauschte er den schwarzen Rock mit der Jacke. Rock und Gerätschaften legte er auf die Ofenbank und ging dann auf den

Acker. Babette staunte nicht einmal, sondern übergab ihm den Pflug. Als sie sah, daß seine Furche gerade war, nahm sie den Henkelkorb und legte Kartoffeln, alle Schritt' eine. Nach zwei Stunden war der Acker gepflügt. Ohne ein Wort zu sagen, fing der Pfarrer vorne wieder an, diesmal zwischen den offenen Furchen. Auf diese Weise wurden die Kartoffeln zugedeckt. Als die Vettersfrau am Abend schaute, wie weit Babette war, erschrak sie freudig und rannte schnell ins Haus zurück, um dem geistlichen Herrn ein Vesper zu richten. Er lobte das gute Brot und erzählte, er sei auf einem Bauernhof aufgewachsen.

Anderntags kam er früh, gleich nach der Messe, um nach dem Vettermann zu sehen. Wie das oft der Fall ist, ging es dem Kranken nach der Wegzehrung und einer ruhigen Nacht besser.

Das Frühjahr war schon so weit fortgeschritten, daß man Gras für das Vieh mähen konnte. Babette gab dem Pfarrer die Sense, und als sie sah, daß er mähen konnte, nahm sie Rechen und Gabel, um das Futter zusammenzutun. Er lud es dann auf den Wagen, und sie rechte nach. Der Pfarrer kam nicht gerade jeden Tag. Manchmal mußte er die Beichte hören oder die Predigt einstudieren. Er erzählte zwar nichts davon, doch sie konnte es sich denken. Im Sommer half er die Heu- und die Getreideernte einbringen.

Als der Vettermann dann gestorben war, kam der Pfarrer immer noch, was der Vettersfrau im Herbst nicht mehr so sehr gefiel. Er tat auch schmutzige Arbeit, schleppte Runkelkisten und Kartoffelsäcke in den Keller und kam verdreckt vom Pflügen. Das passe und gehöre sich nicht, bruttelte die Vettersfrau dann immer. Im Winter kam er seltener, einmal die Woche. Dem Frühjahr zu, als er kam und ohne zu fragen, wo Babette sei, zu ihr in den Keller ging – er ahnte geradezu, was sie dort tat –, da war es der Vettersfrau wieder einmal zu viel. Sie machte die Kellertür einen Spalt weit auf und horchte: die beiden redeten, doch sie konnte nichts verstehen. Babette lachte, er lachte auch, dann war es eine Weile ganz still. Schließlich hörte sie wieder die Kartoffeln plumpsen, die sie abkeimten, verlasen und auf zwei verschiedene Haufen warfen, die einen zur Saat, die anderen zum Füttern. Als der Pfarrer fort war, ging der Zank mit aller Macht aufs neue los. »Hast wieder bei ihm gebeichtet, he!« Denn es war das größte Ärgernis für die Vettersfrau, daß Babette nicht mehr zu den Sakramenten ging. Sie sang zwar jeden Sonntag in der Kirche, und das in den schönsten Tönen, doch schon zu Weihnachten blieb sie von der Beichte und der Kommunion weg. Jetzt, auf Ostern, tat die Frau schlimm deswegen. Zuletzt sagte Babette ja, aber beichten müsse sie bei den Patres in der Stadt. Das sah die Vettersfrau ein.

Babette ging wohl in die Stadt, doch nicht zum Beichten. Nein, sie suchte ein Kleidergeschäft. Es war schwer in diesem Kriegsjahr, das zu finden, was man sich vorstellte. In einem Schneiderladen hatte sie Glück. Die Verkäuferin holte die Besitzerin, und als sie merkten, daß es Babette ernst war mit dem Kauf, wollten sie das schönste und teuerste Kleid, das sie hatten, nicht einmal gern verkaufen an das Bauernmädchen. Babette zahlte aber bar auf den Tisch, noch vor der Anprobe. Die Frau machte große Augen, denn es waren Goldstücke dabei. Der Vettermann war nämlich nicht kleinlich gewesen, erst recht nicht nach der Sache mit dem Bott.

Es war ein dunkelgraues Wollkleid mit einem weißen Kragen, wie für Babette gemacht. Als sie an Ostern darin zur Kommunion ging, schauten alle Leute auf sie. Dem Pfarrer fiel sogar um ein Haar die Hostie aus der Hand. »Du hast ein schönes Kleid«, sagte er, »aber wenn du so selten zur Kommunion kommst, sehe ich es kaum.« Die beiden fingen wieder an, für Kartoffeln zu furchen und sie zu setzen. Darum ging Babette jetzt häufiger zur Kommunionbank und vorher, samstags, in die Stadt. Jedesmal nahm sie von ihrem Ersparten mit. Einmal sah sie in einem Schmuckladen ein goldenes Kreuzchen. Metall wurde zwar für Kanonen gebraucht, selbst edles war rar, doch der Goldschmied mußte auch von etwas leben. Auf dem dunklen Stoff sah das Kreuz an der feinen Kette wunderbar aus. Als der Frühling zu Ende ging, rannte der Pfarrer fast jeden Tag den weiten Weg zum Einödhof, was jetzt auch den Leuten nicht mehr gefiel. Solange sie über ihn lachen konnten, weil er ihnen gspäßig vorkam, war es ihnen gleich gewesen. Manche lobten den Pfarrer sogar, daß er in dieser Kriegszeit, in der Männer fehlten, auf einem Hof arbeitete. Der Pfarrer hatte sich aber in dieser Zeit verändert. Ja, er war nun erwachsen. Auch predigte er anders, weil er jetzt die Leute in ihren Freuden und Nöten verstand. So gefiel er ihnen besser, doch das mit dem Einödhof gefiel ihnen nicht mehr.

In den Heuferien nahm er sich mehr Zeit. Sie hatten viel Gras gemäht, aber dann regnete es drei Tage lang. Darum hatten sie doppelten Grund, bedrückt zu sein, denn schon den zweiten Tag machte eine junge Kuh am Kalben herum. Immer wieder schauten sie nach ihr. Sie brummte und muhte nur leise, fraß und trank nichts mehr, trat von einem Fuß auf den anderen, schaute an ihrem schweren Leib vorbei nach hinten, legte sich hin und sprang sofort wieder auf. Am späten Nachmittag sagte die Vettersfrau, sie hole den Lerner. Dies war der Mann, den sie früher schon immer geholt hatten, wenn sie nachbarliche Hilfe brauchten. Bevor der Pfarrer sich umzog, schaute er noch einmal in den Stall. Babette war gerade dabei, an den Beinen, die nun ein Stückchen aus dem Leib der Kuh herausragten, einen Strick anzubinden. »Es sind die Hinterfüße, das Kalb liegt falsch, man muß ihr helfen«, sagte Babette. Sie warteten eine Wehe der Kuh ab und zogen dann am Strick. Das Kalb kam nur Zentimeter um Zentimeter, es schien mit der Kuh verwachsen zu sein. Eine volle halbe Stunde mußten sie sich abmühen. Der Schweiß lief beiden übers Gesicht. Endlich warf die Kuh sich erneut auf den Boden und brüllte laut. Mit oder ohne Wehe, darauf achteten sie nicht mehr, rissen sie mit aller Kraft, und dann kam das riesige Kalb. Es rührte sich nicht. Sie schoben es der Kuh an den Kopf, damit sie es ableckte. Nur für eine Sekunde hob die Kuh den Kopf, dann legte sie ihn müde wieder zur Seite. Da fing der Pfarrer emsig an, sich um das Kalb zu kümmern. Er rieb es mit schnellen Kreisbewegungen mit Stroh ab. Als Babette mit dem Trank für die Kuh kam, beugte er die Vorderbeine des Kalbes im Takt vor und zurück. »Sie wird gesund«, jubelte Babette, denn die Kuh trank im Liegen, sie leckte sogar mit ihrer rauhen Zunge den Holzkübel aus. Da lief Babette schnell, um noch mehr zu holen vom guten, warmen Weizenschrotgetränk. Als sie zurückkam, goß der Pfarrer gerade Wasser über das Kalb, als wolle er es taufen. Wie besessen war er darauf bedacht, daß auch das Kalb lebe, nicht nur Babettes Kuh. Zum erneuten Trunk kniete die Kuh sich auf, und da kam die Nachgeburt. In diesem Moment kam ein etwa fünfzehnjähriger Junge aus dem Dorf in den Stall. Es war kein Bauernjunge, der wäre vom Anblick nicht so entsetzt gewesen: das blutige Zeug, der auf dem Boden kniende Pfarrer, der immer noch das tote Kalb knetete, und daneben Babette, die die Kuh streichelte. »Sie müssen doch zur Sitzung, man wartet schon auf sie«, schrie der Bub den Pfarrer an und lief schnell zurück, wahrscheinlich damit der schlimme Eindruck frisch bleibe und er ihn richtig schildern könne. Erschrocken hatte der Pfarrer sich vom Kalb abgewandt. Er ging rasch ins Dorf zurück. Unterwegs, am Waldrand, begegnete er der Vettersfrau. Sie schaute ihn unfreundlich an. »Das Kalb ist tot«, sagte er nur. Vor dem Dorf traf er den Lerner. »Es ist vorbei«, sagte er zu ihm.

Als die Vettersfrau mit einem Trank für die Kuh in den Stall kam, saß Babette unter einer vorderen Kuh beim Melken. Das tote Kalb war mit Stroh zugedeckt. »Sie wird auch kaputt werden«, schrie die Vettersfrau, denn die Kälberkuh lag wie tot und nahm den Trank nicht an. Gerade so, als ob Babette schuld sei, hatte sie es geschrien. »Nein, sie wird gesund, sie hat schon getrunken.« Nach der Stallarbeit grub Babette ein Loch hinter dem Beerengarten, denn da war die Erde weich. Es war schon dunkel, als sie das Kalb dorthin schleifte. Sie trat dann die Erde ganz fest und holte schwere Steine aus dem Bach, damit die Füchse das Kalb nicht ausscharren konnten.

Man erfuhr nie, ob es von langer Hand vorbereitet war, wer es war, der es veranlaßt hatte, oder ob die Verspätung zur Sitzung der Grund war. Die alte Hauserin erzählte, von einer Stunde auf die andere sei er abgeholt worden. Später erfuhr man, daß er Feldgeistlicher geworden und gefallen sei. Jemand, der alles wußte, sagte, er habe sich erschossen, aber das war sicherlich nur ein Gerücht.

»An den Festtagen kommt der Teufel aus der Hölle auf die Erde«, sagten die alten Bauersleute. Auf dem Einödhof hauste er am Vierfesttag Mariä Himmelfahrt. Babette ging gar nicht mehr in die Kirche. Die Vettersfrau schielte böse nach Babettes Bauch. »Meinst du, ich merke es nicht, daß du keine Monatswäsche mehr hast?« schrie sie, »es würde dir wohl schlecht in der Kirche.« Babette packte einen Stuhl und schlug auf die alte Frau ein, immer wieder, ohne darauf zu achten, wohin sie sie traf, und stammelte dabei immerzu: »Hätten wir es nur getan.« Babette wurde zwar wirklich immer dicker, aber auf eine andere Art. Die Vettersfrau hörte allmählich auf, vom Pfarrerskind zu lamentieren. Überall wurde Babette plump, an den Beinen, an den Händen und im Gesicht. Schließlich erloschen auch ihre Augen und wurden stumpf.

Die meiste Zeit arbeitete sie ruhig vor sich hin, doch an einigen Tagen im Monat wurde sie unruhig, sogar bösartig. »Du bist ja verrückt, du gehst mit dem Mond«, schrie dann die Vettersfrau. Es war ein Gekeife, daß die Nachbarn es gehört hätten, wenn sie welche gehabt hätten. Aber der Knecht hörte es. Seit der Heuernte, seit der Pfarrer fort war, hatten sie einen. Die Vettersfrau war schon im Winter von Pontius zu Pilatus gerannt, um einen zu bekommen, aber erst im Sommer hatte es geklappt. Er hatte schon manches über Babette gehört und gemeint, sie sei Freiwild. Nach ihrer wiederholten, heftigen und zornigen Abwehr wurde er boshaft. Wenn er nur die Wahrheit unter die Leute gebracht hätte, wäre das schon genug Gesprächsstoff für sie gewesen, doch er dichtete noch manches hinzu.

Die meisten Männer, die den verlorenen Krieg überlebt hatten, waren daheim. Es war schon Januar, da kam auch endlich Ludwig. »Babette«, schrie er, »Babette«, flehte er. Wenn sie jetzt wenigstens geweint hätte, doch es kam ihm eher vor, als lachte sie. Auch er ließ es sich von der Vettersfrau einreden, die Wurzel allen Übels sei, daß Babette nicht mehr in die Kirche ging. Es war in ihren ruhigen Tagen, als er zurückkam, und er überredete sie tatsächlich mitzugehen. Es war ein schöner, kalter Sonntag. Babettes Sonntagsmantel hatte einen Marderpelzkragen. Als Bub fing Ludwig für sein Leben gern Marder mit der Falle. Auch zu einem Muff hatten die Felle damals gereicht. Jetzt schaute Ludwig Babette unwillig an. Der schöne Mantel spannte ihr um die Brüste und Hüften. Ein Knopf ließ sich nicht schließen; es sah nicht schön aus. Wie sie aber so durch den verschneiten Wald gingen, kam es beiden vor, als sei die Welt gut. In der Kirche kniete Babette in der richtigen Bank. Sie gehörte nun zu den älteren Mädchen. Und als die da oben zu singen begannen, schaute sie hinauf und summte leise mit. Als aber dann der Pfarrer auf der Kanzel zu predigen begann, konnte sie es nicht lassen, ihren Schlupfer vors Gesicht zu nehmen und durch ihn hindurch nach dem Pfarrer zu sehen. Auch beim Amt verfolgte sie alle seine Bewegungen mit diesem Fernrohr. Die Leute stießen sich an, tuschelten und lachten. Sogar auf der Männerseite gab es Unruhe, Ludwig hätte vor Scham in den Boden versinken können. Den Heimweg tappte Babette allein. »Er war es nicht«, dachte sie manchmal, und es war ihr, als sollte sie weinen, doch konnte sie nicht einmal das. Ludwig war nach der Kirche zu seiner Mutter und zu seinen Geschwistern gelaufen. In der Not hatte er sich ihrer wieder erinnert. »Die Babett hat im Krieg zu viel schaffen müssen, sie bekommt ihr Sach' nicht mehr.« »Das Blut ist der Babett in den Kopf gestiegen.« »Sie muß zum Doktor, da kann man doch helfen.« So rettete jeder seine Ehre.

Durch die lange Gefangenschaft war Ludwig anfällig geworden für allerlei Krankheiten. Eines Sonntags konnte er nicht aufstehen. Die Vettersfrau war in die Kirche gegangen, und Ludwig schrie nach Babette. Er war fiebrig und hatte großen Durst. Als sie nicht kam, ging er hinunter. Da hörte er, daß im Keller jemand sang. Er öffnete die Kellertür. Babettes Stimme war nun laut und deutlich zu hören. Er stieg halb hinunter. Sie bemerkte ihn nicht. Sie kniete auf dem Kellerboden vor der Wandnische, in der die Vettersfrau die süßsauren Zwetschgen stehen hatte. Jetzt stand da ein dicker Strauß Schlüsselblumen. Die Morgensonne schien in Strahlenbündeln zum kleinen Fenster herein, gerade auf Babette. Ludwig sah sofort, daß sie die Messe feierte. Sie sang das »Sanctus« und war dann still zur Wandlung, machte alle Kreuze, sang

31

das »Paternoster« und empfing vom unsichtbaren Pfarrer die Kommunion. Als sie auf das leise gesprochene »Ite missa est« das laut gesungene »Deo gratias« ertönen ließ, schlich Ludwig ins Bett. Ein heftiger Schüttelfrost überkam ihn, und er weinte so, daß es ihn immer ärger schüttelte. Bald kam Babette und sagte: »Ich habe dir etwas Kaltes und Warmes zum Trinken gemacht, was möchtest du?« Als sie sah, wie er zitterte, stellte sie den Krug mit Himbeersaft weg und half ihm beim Teetrinken. Dann holte sie aus ihrer Kammer zusätzliche Decken. Weil sie gesehen hatte, daß er weinte, tröstete sie ihn und sagte, er werde bestimmt bald wieder gesund sein.

Es war dann schon nach der Inflation. Die Vettersfrau kam von einer Andacht. Man könne ein gutes Werk tun, ein Kind nehmen, ein armes aus Italien. Der Pfarrer, der dort studiert habe und wieder hinkomme, habe von der großen Armut in den Städten gehört und sie gesehen. »Als ob es in deutschen Großstädten nicht auch arme Kinder gibt«, bruttelte Ludwig. Die Vettersfrau gab nicht locker, aber Ludwig sagte: »Bei unserem Hauswesen.« Dabei schaute er Babette an. Weil er aber sah, wie ihre Augen aufleuchteten, und hörte, wie sie leise »ein Kind« murmelte, gab Ludwig nach. Weil die Vettersfrau dies nicht gesehen und gehört hatte, meldete sie, daß sie ein Italienerkind nähmen. »Ein Bett haben wir ja«, sagte Babette, die es sonnte, klopfte und überzog. Sie stellte auch zwei Stühle davor, mit der Lehne zum Bett, damit das Kind nicht herausfalle. »Vielleicht ist es dann nicht mehr so schwer bei uns«, sagte Ludwig. Das Gezanke war nicht mehr so arg, denn wenn man Babette in ihren bösen Tagen in Ruhe ließ (dafür sorgte Ludwig), redete sie nur wirres Zeug. Zum Beispiel, die heilige Jungfrau sei diesmal mit ihm gekommen. Aber es lag doch eine entsetzliche Schwere auf ihnen.

Sie hatten schon Feierabend und wollten sich gerade zur heißen Milchsuppe setzen, da klopfte es. Babette tat den Deckel auf die Schüssel. Der Pfarrer trat ein. Niemand wußte etwas zu sagen. Es war so, als wäre er ein Hausierer und wolle nun das, was er den ganzen Tag nicht losgebracht hatte, hier herschenken. Die Ware war ganz anders, als sie sich diese vorgestellt hatten. Sie war ein mageres, zerlumptes, etwa fünfzehnjähriges Mädchen, das mit großen, schwarzen Augen belustigt in der Stube herumblickte und die Leute anschaute. Endlich fand der Pfarrer Worte: Das sei Rosalia; er habe sie ihnen gebracht, weil sie schon dreizehn gewesen sei und als einziges der Kinder nicht mehr zur Schule müsse, der Schulweg sei doch so weit. Nach dem Amt müsse sie aber in die Sonntagsschule und am Nachmittag zur Christenlehre. Jeden zweiten Mittwoch müsse sie abends ins Schulhaus kommen, damit sie mit den anderen Italienerkindern reden könne, Post und kein Heimweh bekomme. Zudem wollte er die Kinder Deutsch lehren. Wegen des Waldes müsse Rosalia natürlich abgeholt werden. Das war eine lange Rede, ehe er sich an das Mädchen wandte: »Zur Frau mußt du ›Tante‹ und ›Ihr‹ sagen, und zum Bauer ›Onkel‹ und ›Sie‹. Und das ist die Babette.« Dabei warf er dieser einen außergewöhnlich verächtlichen Blick zu, woraufhin Babette den Deckel von der Schüssel nahm und den Pfarrer aufforderte mitzuhalten. Da wurde sein Blick zornig, als ob das die größte Beleidigung sei. Für sie war es selbstverständlich, daß ein Pfarrer mit ihr aus einer Schüssel aß. Zu den anderen sagte er, vor Einbruch der Nacht wolle er aus dem Wald sein.

Rosalia fiel heißhungrig über die Suppe her. Sie langte nach einem Stück Brot. Nach jedem Bissen schaute sie es an, drehte es immer wieder um, roch daran, und obwohl schon Brocken in der Suppe schwammen, machte sie neue. Sie nahm sich ein weiteres Stück, biß ab und tunkte. Sie spielte direkt alle Möglichkeiten, mit diesem Brot etwas anzufangen, durch. Dann sagte sie: »Bett«. Als sie das Bett sah, blieb sie verdutzt stehen. Still stellte sie die Stühle an den Tisch, dann maß sie sozusagen das Bett ab. Dazu spannte sie zweimal die Arme aus und nickte dabei. Plötzlich fing sie laut an zu lachen, hüpfte von einem Bein auf das andere und warf bis auf das Hemd ihre Lumpen ab, so daß Babette ihre schönen Brüste sah. Unter lautem Lachen schlüpfte sie ins Bett. Im Moment war sie eingeschlafen.

Während der ersten drei Tage sagte sie nur »Brot« und »Bett«. Dann wunderten sie sich, was Rosalia alles sagen, vor allem aber verstehen konnte. Zudem war sie geschickt bei der Arbeit. Sie hatten kein Kind, sondern eine Magd. Nach einer Woche benannte sie die Leute, doch nicht so, wie der Pfarrer es befohlen hatte. Zur Vettersfrau sagte sie »Frau« und redete sie mit »Sie« an. Ludwig nannte sie wie die anderen »Ludwig« und »du«, und zu Babette sagte sie »Mama«. Jedoch ganz anders, als man es hier aussprach. Das erste a war ein langes ā; dieses »Māma« hörte sich nicht fordernd an wie hierzulande, sondern schmeichelnd. Babette hörte es unsäglich gern.

Es schien anfangs tatsächlich, als ob das hurtige und hübsche Italienerkind dem Einödhof die Schwere nehmen könne. Sie hatten oft zu lachen wegen ihr. Als Babette den zweiten Mittwoch am dunklen Waldrand oben auf sie wartete, war ein kleiner Italienerjunge bei ihr. Die beiden beachteten Babette nicht, sondern schmusten solange sie nur mochten. Das nächste Mal ging Babette später. Diesmal kam Rosalia mit dem kleinen Kerl aus dem Gebüsch. Danach waren es große Burschen aus dem Dorf. Als Rosalia etwa ein halbes Jahr da war, kam sie mit Hans, dem großen Bauer, aus dem Gebüsch. Er lachte Babette unverschämt an. Sie sagte nichts, weder daheim, noch zu Rosalia.

Schon vordem hatte Ludwig einmal ein großer Geldschein gefehlt. Er wußte bestimmt, daß er da sein müßte. Rosalia leugnete. Als aber die Vettersfrau nach der Kirche einkaufte, sagte die Ladenfrau, sie sollten der Rosalia nicht so viel Geld geben, sie kaufe Unmengen an Süßigkeiten und verteile sie an die Italienerkinder. Es gab ein grausiges Gericht. Babette gab danach Rosalia von ihrem Geld, denn sie hatte welches. Ludwig bezahlte nicht nur Sozialversicherungsbeiträge für Babette, sondern gab ihr immer wieder einen Lohn. In der Nacht nach dem Geldstreit wachte Ludwig plötzlich auf. Rosalia saß an seinem Bett, wollte eben zu ihm hineinschlüpfen. »Für das viele Geld«, sagte sie. Er schlug mit den Fäusten nach ihr und jagte sie hinaus. Am anderen Tag reparierte Ludwig das verrostete Schloß an seiner Kammertür. Sie verschlossen wohl nachts die Haustüren, doch nie eine Kammertür. Sie hatten immer noch den Knecht, denn Ludwigs Gesundheit war noch nicht gefestigt. Der Knecht war inzwischen ein schmutziger, mürrischer Geselle geworden, gut und gern hätte er Rosalias Vater sein können. Aber Babette wachte nachts immer wieder auf und sah, daß Rosalias Bett leer war. Bis eines Tags der Knecht tobte, ihm fehlten fünfzig Mark. Ludwig und der Vettersfrau konnte Rosalia kein Geld mehr stehlen, sie versteckten es zu gut, aber Babette stahl sie, was sie erwischte, obwohl sie wußte, daß sie von ihr alles bekommen konnte.

Der Ärger mit und wegen Rosalia wollte nicht aufhören. Der Pfarrer beklagte sich. Sie sage, sie brauche nicht Deutsch zu lernen, sie könne genug, und gehe mitten im Unterricht weg. Sie schreibe nie nach Hause und bekomme darum keine Post und, vor allem, sie komme jeden Sonntag zu spät in die Kirche; oft erst nach der Wandlung oder gar kurz vor Schluß. Nun die Einödleute wußten, warum dies so war. Rosalia ministrierte bei Babette, und das mit Begeisterung. Die Mauernische war jetzt prächtiger geschmückt. Kerzen brannten. Rosalia hätte eine alte Kuhglocke gefunden, mit der sie zu Opferung und Wandlung schellte. Anschließend reichte sie Babette eine alte Schüssel, damit sie Weihwasser nehme.

Es war Frühjahr, als Rosalia gekommen war. Zu Weihnachten über einem Jahr, also nach eineinhalb Jahren, verkündete der Pfarrer, die Kinder aus Italien dürfen auf das Fest und für ein paar Monate heimfahren. »Ich fahre nicht«, sagte Rosalia. Eine Woche vor dem Abfahrtstag sagte sie: »Ich fahre doch.« Ludwig spannte hocherfreut das Fuhrwerk an und fuhr mit ihr und Babette in die Stadt. Rosalia sollte zur Reise einen Mantel bekommen. Knausrig war Ludwig nie, er kaufte ihr einen sehr schönen. Auch ein Kleid sah sie, das ihr gefiel. Darauf schickte er die beiden in ein Wäschegeschäft wegen Unterwäsche. Rosalia wußte, was sie wollte. Dann griff sie nach einem riesigen Schlüpfer und jubelte »Mama«. Babette durchfuhr es eifersüchtig. Es gab also doch noch eine andere Mama. Nie hatte Rosalia ein Sterbenswörtchen von ihren Angehörigen gesagt. Aber nun hatte der Rausch sie gepackt. Sie hing sich bei Ludwig ein, zeigte auf Zigarren und sagte »Papa«. An einem Spielwarenladen hüpfte sie, zeigte auf Puppen und Bälle und schrie: »Rita, Ernesto,

Emiro.« Ludwig kaufte außerdem einen korbgeflochtenen Koffer mit Lederbeschlägen. Zuletzt kehrten sie auch ein. Rosalia war äußerst lustig, wie aufgedreht. Alle Leute sahen nach ihnen. Plötzlich schaute sie Ludwig ernst an: »Wenn ich aber nicht mehr komme?« »Dann hast du wenigstens einen rechten Mantel«, sagte er.

Es war schon Fasnacht, als der Pfarrer Tag und Stunde verkündete, an denen man die Italienerkinder am Bahnhof abholen solle. Auf dem Einödhof wurde dies wie ein Alpdruck empfunden. Die letzten Monate waren ruhig gewesen. »Du kannst mein neues Fahrrad nehmen. Wegen der spanne ich nicht an«, sagte Ludwig zu Babette. Diese schob es bedrückt den weiten Weg. »Hoffentlich kommt sie nicht«, dachte sie und wünschte dabei nichts sehnlicher, als daß sie käme. Babette stand abseits von den Wartenden, sie gehörte längst nicht mehr zu den lärmenden und schwatzenden Bauersleuten. Der Zug fuhr ein, und es war ein einziges »Hallo«. Nein, Rosalia war nicht dabei. Aber da schlich aus einem hinteren Wagen eine Gestalt auf Babette zu in lumpigem Kleid, bleich, mit fiebrigen Wangen und Augen. »Mama!« Sie klemmte das kleine Bündel in den Gepäckständer. Babette mußte immer wieder stehen bleiben und warten, denn Rosalia schien unendlich müde zu sein. Das letzte Wegstück hielt sie sich am Ständer fest, und Babette hatte schwer zu schieben. Daheim war niemand mehr auf. Essen könne sie nichts, nur trinken, einen Most. In der Nacht hustete

Rosalia arg. Babette deckte sie warm zu: »So ganz ohne Mantel hast du dich auf der Bahn erkältet.« Gegen Morgen wurde der Husten ganz schlimm, und Rosalia mußte sich erbrechen. Als Babette Licht machte, sah sie, daß es Blut war. Die frische Bettwäsche, der Boden, alles voller Blut. Ludwig holte sofort den Doktor. Nur Babette war bei der Untersuchung dabei. Rosalia sei schwer krank, sie müsse in ein Krankenhaus. Da fing sie an zu weinen und umklammerte die Bettdecke. Weil sie aber an ihr keinen Halt fand, griff sie verkrampft nach den schön verzierten Bettpfosten und wimmerte: »Mama, Mama!« »Ich kann sie gut pflegen«, sagte Babette, und Rosalia schlief darauf augenblicklich ein. Unten sagte der Arzt, das Mädchen habe die galoppierende Schwindsucht, es könne nicht mehr lange dauern. Babette gab er einige Anweisungen für Essen und Pflege, sie solle sich oft die Hände waschen, es könne ansteckend sein. Auf der Treppe sagte Ludwig zum Doktor: »Sie ist so lebenslustig gewesen.« »Lebenslustig? Wohl eher lebenshungrig, das beobachtet man bei dieser Krankheit.« Nach zwei Wochen hatte Rosalia ihre Lunge ausgehustet.

»Ins Familiengrab kommt sie nicht.« Die Vettersfrau fürchtete, Rosalia würde dort ihrem Mann keine Ruhe lassen. Ludwig kaufte ihr einen schönen, weißen Stein. Der Pfarrer meldete Rosalias Tod in Italien, was jedoch ohne Echo blieb. Im ersten Jahr nach ihrem Tod lagen manchmal kleine Sträußchen auf ihrem Grab. Wohl ein

Dank für die Süßigkeiten. Die Italienerkinder wurden aber nach und nach weniger. Nur ein Junge blieb da und gründete später eine Familie. Noch viel später wunderten sich die Schulkinder über die hochaufgeschossenen, rotblonden Kinder die so seltsame Namen trugen. Wenn Babette an Rosalia dachte, sah sie immer ein Pferd, einen galoppierenden Rappen. Manchmal hatte er Rosalias Kopf, und ihre Haare flatterten wild.

Die Vettersfrau drängte Ludwig immer mehr zu heiraten, damit ein rechtes Kind auf den Hof käme. Es gab zwar damals wegen des Krieges viele ledige Mädchen, aber Ludwig tat sich mit ihnen doch schwer. Er hatte zwar Liebenswertes an sich, für manche Mädchen jedoch zu wenig Mannhaftes. Manche schreckten auch vor der Einöde zurück, eine Freundin sagte klipp und klar: »Zu deinen verrückten Weibern komme ich nicht.« Da fing Ludwig an zu bauen. Er baute nicht eigens ein Haus für Babette. Es war in der Zeit, als man Maschinen kaufte: eine Sä- und eine Mähmaschine und einen Heuwender. Dafür brauchte man einen Schopf, und darüber baute man für Babette eine Wohnung, zu der eine bequeme Treppe hinaufführte. Wie alles, was Ludwig tat, machte er auch dies recht. Babette bekam zwei Stuben, eine Küche, ein richtiges Klo. Auch bei der Einrichtung sprach er mit. Das alte Magdbett mit allem Zubehör blieb, wo es war. Es wurden neue Möbel gekauft, sogar ein Sofa für Babettes Mittagschlaf. Ludwig war stolz, und Babette gefiel es.

Ludwig fand dann auch eine Frau, allerdings von weit hinter den Wäldern. Sie sah nett aus, wie ein Reh mit großen braunen Augen. Elisabeth hieß sie, man nannte sie aber Elsebeth. Sie war scheu wie ein Reh zu den beiden Frauen. Vor der Vettersfrau hatte sie großen Respekt. Sie redete sie selten an, und wenn, dann mit »Ihr«. Vor Babette fürchtete sie sich sogar ein bißchen, obwohl diese immer freundlich zu ihr war. Nur wenn sie mit Ludwig allein war, lachte sie über das, was Babette vom Herrn und seinen rothaarigen Engeln gesagt hatte. Zu Ludwig war Elsebeth wie ein zahmes Reh, sie lief ihm nach auf Schritt und Tritt. Vom Haushalt wollte sie rein gar nichts wissen, nur im Stall und draußen half sie. Sie hatte nicht viel Aussteuer mitgebracht, eher Geld. Deshalb änderte sich allein Ludwigs Kammer, in der nun die Ehebetten standen, mit einer Tafel darüber, auf der ein wunderschöner Jesus segnend durch Ährenfelder schritt. Schließlich kam noch ein neuer Schrank mit einer Spiegeltür dazu. Sonst blieb alles gleich.

Babette buk Brot und kochte. Die Vettersfrau ging täglich den weiten Weg in die Kirche und maulte, wenn sie heimkam, daß die Bauern vor dem Wald schon weiter wären mit der Arbeit. Babette verlegte ihre Gottesdienste in ihre schöne Stube. Man schaute auf Elsebeths Bauch, der blieb leider flach. Babette pflegte dann die sterbende Vettersfrau, und die beiden wurden wie Freundinnen. Kurz vor ihrem Ende bat die Vettersfrau Babette um

Verzeihung. »Ist schon recht«, sagte diese und bereute es tausendmal und noch öfters, daß sie die Vettersfrau nicht ebenfalls um Verzeihung gebeten hatte.

Es war schon nach dem Zweiten Weltkrieg, da nahmen Ludwig und Elsebeth ein Kind zu sich. Von einer Frau aus der Gegend, die nun ihr Leben leben wollte, die sich das Kind aus Leichtsinn, Dummheit und Gutmütigkeit im Krieg hatte andrehen lassen. Als es auf dem Weg war, sagten ihre Geschwister, sie dürfe diesem Kind ja keinen rechten Namen geben, etwa den eines gefallenen Bruders, sollte es ein Bub werden. Aus Zorn dachte sie sich einen unmöglichen Namen aus. In der Klinik kam ein Fräulein vom Standesamt an ihr Bett und legte Widerspruch ein: Lukas sei ein jüdischer Name. »Joseph ist auch ein jüdischer«, sagte die Kindsmutter, und außerdem habe der gefallene Vater des Kindes so geheißen. Das war verstunken und verlogen. Lukas konnte man dann zu dem kleinen Kerl nicht sagen, so hieß er Luki. Er tat sich schwer mit der Aussprache des »u«, ansonsten war er aber keineswegs dumm. Er spürte früh, daß er eigentlich gar nicht da sein sollte. Man hörte ihn immer wieder »ond Loki« sagen. Die Beteiligten wollten sein Problem lösen und gaben ihn den Leuten auf dem Einödhof.

Anfangs war Loki für Elsebeth soviel wie ein eigenes Kind. Still, fügsam, mit allem und jedem zufrieden, so lobten sie den Kleinen über alles. Wenn ihn jemand fragte, wie es ihm denn gehe, sagte er »besser«. Denn leider war

Loki meist krank. Alle fiebrigen Kinderkrankheiten machte er durch. »Die Großmutter soll bei mir bleiben«, bettelte er, wenn sie aufs Feld mußten. Dort, wo er vorher lebte, gab es eine Großmutter, und weil sie Loki jetzt sehr fehlte, nannte er Babette so. Oft bedurfte Loki auch nachts der Hilfe. Dann legte ihn Babette zu sich auf das schöne, breite Sofa. Sie entwickelte sich im Laufe der Zeit zur »Ärztin«. Was der richtige Arzt verordnete, hielt sie für falsch; mit Spucke, Schweineschmalz und Heublumen erreichte sie immer wieder, daß Loki in sein halbgroßes Bett zurückkonnte. Als er in die Entwicklungsjahre kam, bekam er es auf die Lunge, und sie machten sich die größten Vorwürfe, weil man ihn in jenes verhängnisvolle Bett getan hatte. Als er für längere Zeit im Sanatorium war, schlugen sie es ab und verbrannten es. Und als er wiederkam, bekam er Babettes altes Magdbett. Die Ärzte hatten zu dieser Zeit diese Krankheit im Griff. Loki kam als Geheilter, doch war er nun ein anderer. Dort, wo er war, hatte er allerhand Leute kennengelernt und war wie ein Schwamm gewesen, der den Unrat aufsaugte. Babette wurde rot, wenn sie in die Bücher hineinschaute, die er las. Er las meistens, denn zur steten Arbeit, wie sie auf dem Hof nötig war, fand er nicht. Manchmal arbeitete er zwar heftig mit, dann aber so wild, daß Ludwig und Elsebeth froh waren, wenn er sagte, ihm sei nicht wohl, und er mitten in der Arbeit weglief.

Bald bekam er die Gelbsucht. Als er aus dem Krankenhaus kam, hatte er einen Leberschaden und auch neue Kameraden, die ihn oft besuchten. Bauernburschen waren sie keine. Loki zeigte ihnen, wo man verbotenerweise Forellen fangen und Christbäume stehlen konnte. Dann wurde Loki auch noch zuckerkrank, und er und Babette hatten viel zu lachen über die Anordnungen der Ärzte. Diese wurden es müde, ihn vor Kuchen und Alkohol zu warnen.

Ludwigs Geduld nahm ebenfalls ab, fast jeden Abend kamen die Freunde angerattert. Sie saßen in Babettes Stube und verputzten ihre Rente und auch Ludwigs Geld. Mitternachts wachten er und Elsebeth vom Motorengeknatter auf. Erst wenn Loki in seine Kammer gepoltert war, konnten sie wieder schlafen. Es kam oft zum Streit, hauptsächlich zwischen Ludwig und Babette. »Du hilfst zur Lumperei«, schrie er sie an. Ja, es kam soweit, daß er Babette das Haus verbot.

Das wurden nun die traurigsten Jahre auf dem abgelegenen Hof. Babette und Loki meinten allerdings nicht, daß etwas fehle. Milch durfte er ihr mitbringen, die Eier stahl er für sie, und das Brot kaufte er ihr. Elsebeths Brot mochten sie nämlich nicht, sie lachten sogar grausam darüber. Zudem hatten sie ihre abendlichen Vergnügungen, denn es wurden hitzige Gespräche geführt in Babettes Stube: Der Adenauer wolle wieder Krieg. Deutschland hätte quer, nicht längs geteilt werden müssen. Die Studenten könnten nur jetzt, nicht wenn sie Professoren seien, randalieren. Die Kirche sei die pure Volksverdummung. Sexuelle Freiheit würde uns aus aller Verklemmung retten. So ging es zu. Obwohl Babette keinen Wein mittrank, war sie doch wie berauscht. Sie rief oft begeistert: »Jawohl, ihr wärt die richtigen Volksführer.« Einmal feierten sie es, daß Helmut, so hieß einer von Lokis Freunden, eine Stellung als Dachdecker bekommen hatte. Er machte Sprüche, was er alles schon für Berufe ausgeübt habe: Gärtner, Zimmerer, Hopfensacker, Hausknecht. Es wollte gar nicht mehr aufhören. Da mußte Loki sich groß machen, welche Krankheiten er schon gehabt habe. »Nur im Wochenbett war ich noch nicht«, sagte er und lachte schallend. Da bekam Babette ihren irren, begeisterten Ausdruck: »Jetzt will ich euch sagen, was ich schon alles war. Zuerst war ich eine Mutter und dann eine Geliebte.« »Nun Großmutter, ein bißchen der Reihe nach«, unterbrach sie einer der Burschen. »Nein, nichts der Reihe nach«, schrie da Babette. »Nachher war ich Braut. Wir wußten schon den Monat für die Hochzeit, und ich die Haarfrisur für den Schleier. Dann war ich eine richtige Hure, jahrelang. Wie eine läufige Hündin lief ich in den Wald.« Dabei machte sie eine Kopfbewegung nach dem oberen Wald. Die jungen Leute waren nun still und horchten gespannt. »Ja, und danach war ich eine Barmherzige Schwester.« »Eine Nonne?«

fragte einer. »Ja, so eine Art Braut Christi. Ich hatte ein schönes, dunkles Kleid mit weißem Kragen und einem Kreuz auf der Brust.« Eine Weile war dann alles still. Darauf richtete sich Babette im Sessel hoch auf und sagte: »Nachher war ich eine Besessene, eine vom Teufel Besessene. Jeden Monat war er ein paar Tage bei mir.« »Babette, sei still«, schrie Loki. Er sprach sie mit ihrem richtigen Namen nur dann an, wenn sie Streit miteinander hatten, was nicht allzu oft vorkam. Er sagte dann zum Beispiel: »Daß du überhaupt nie fortgehst, ins Dorf oder in die Kirche.« »Ich geh' nicht mehr in die Welt, da sind die Wölfe.« »Nirgends sind Wölfe, du wirst sehen, kein Mensch tut dir etwas.« »Du weißt ja nichts«, sagte Babette, »und gehst immerzu fort.« Das stimmte; Loki ging gerne unter die Leute. Er mochte sie, die im Dorf, die in der Stadt und vor allem die im Wirtshaus. Am liebsten wäre er jeden Tag gegangen. Er ließ nicht locker, Babette müsse ebenfalls manchmal rauskommen. Dabei wurde sie immer wild und schrie, sie wisse es besser, sie seien alle Wölfe in Schafspelzen. Oder sie sagte, es sei ein Kalb geopfert worden. Dem widersprach Loki. Es habe zwar ein goldenes Kalb gegeben, das sei aber angebetet, nicht geopfert worden. »Geopfert wurde ein Widder, verschiedene Lämmer und Tauben, nie ein Kalb.« »Woher willst denn du das wissen?« »Ich habe es gelesen.« »Gelesen ist nicht gelebt«, donnerte dann Babette und schlug mit der Faust auf den Tisch, »nichts weißt du, ein Kalb wurde

46

zur Schlachtbank geführt.« Bei derartigen Streitgesprächen schimpfte er sie »Babett«, und das mochte sie gar nicht hören, jedenfalls nicht von ihm. Auch eben verzog sie beleidigt ihr Gesicht, aber bald wurde ihr Gesichtsausdruck wieder normal. »Eine Mama war ich auch noch.« Dabei betonte sie dies »Mama« ganz anders als hierzulande üblich. Da stand Loki auf, recht zittrig, strich Babette über den Arm und sagte: »Und jetzt bist du eine Großmutter. Diese gehören aber zu so später Zeit ins Bett.« Loki führte Babette zur Schlafkammer. Alle sahen, daß sie ihn führte, und alle dachten etwa dasselbe: »Sie ist viel stärker als er.«

Mit Loki ging es abwärts. Die Kameraden kamen kaum mehr. Es war ihnen peinlich, mitansehen zu müssen, wie er nicht mehr die Spielkarten und das Glas halten konnte. Auch waren seine Reden nun friedlich, und er schalt sie, wenn sie alles kritisierten. Eines Morgens wurde Loki ohnmächtig und fiel gegen die Tischkante. Die Stirnwunde hörte nicht auf zu bluten, so daß er wieder fort mußte. Diesmal kam er nicht wieder.

Als Babette Ludwig und Elsebeth zur Beerdigung weggehen sah, meinte sie, nun müsse sie beten. Aber so mit leeren Händen konnte sie es nicht. Sie ging ins Haus hinüber. Schon etliche Jahre war sie nicht mehr dort gewesen. Sie wußte, wie man durch den Stall hineinkommen konnte, wenn die Haustüren verschlossen waren. Mit einem dünnen Stecken mußte man durch den Türspalt den Riegel hochheben, das hatte sie oft gemacht, sie und Ludwig. Zuerst ging sie in ihre alte Kammer. Ihr, vielmehr Lokis Bett war noch bezogen. Sie machte Nachttischschublädchen auf. Rostige Nägel, Münzen, sogar Fünfmarkstücke und eine Menge ungeöffneter Medikamentenschachteln waren darin. Ganz hinten – sie hatte das Schublädchen bis zum Kippen herausgezogen – funkelte in einer Ecke das goldene Kreuz. Babette nahm es in die Hand, merkte aber sofort, daß die Kette zu fein war zum Beten. Sie ging hinunter in die Stube. Alles war noch gleich, nur trist, ohne Pflanzen oder Blumen. Nein, Elsebeth versteht einfach nichts vom Haushalten! Auch die Kammer der Vettersfrau war noch so wie zur Zeit der Beerdigung. Als aber Babette die Nachttischschublade aufmachte, fand sie es. Neben einem Taschentuch der Vettersfrau und ihrer Brille war ein Rosenkranz. Die Perlen waren grob und zerbetet, und Babette floh mit dem Nuster wie ein Dieb mit dem gestohlenen Schatz.

Sie setzte sich in ihren Stuhl, fing an zu beten und ließ dabei die Perlen durch ihre Finger gleiten: »Herr, erbarme dich seiner« – zehnmal, dann: »Herr, erbarme dich unser« – bis zum erneuten Abstand. »Wir bitten dich, erhöre uns.« »O, du Lamm Gottes, nimm hinweg die Sünden der Welt.« So irrte sie stundenlang über den Rosenkranz. Dabei hatte sie das Haus im Auge, denn die Stalltür stand offen. Erst als am Nachmittag Ludwig und Elsebeth heimkamen, löste sich ihre Verkrampfung. »Das ist ja falsch, das ist doch aus der Litanei«, sagte sie zu sich selbst. Ihr fiel wieder ein, wie es geht und was die Abstände bedeuten. So fing sie richtig an: »Der für uns Blut geschwitzt hat.« Das war nun ihre Lieblingsbeschäftigung.

Jeden Samstag kam Helmut mit Brot und erzählte, was auf der Welt vorging. Sonst hätte sie es nicht mehr erfahren. Bevor er ging, fragt er: »Großmutter, brauchst du Zucker oder Essig?« Die Milch stellte ihr Elsebeth auf die Treppe. Loki war zur Zeit der Birnbaumblüte gestorben; jetzt las sie an einem frühen Samstagmittag ein paar Birnen auf. Da kam Ludwig um die Hausecke. Er schob das Fahrrad, an dem die Einkaufstasche hing. »Als ob sie Birnen stehle«, dachte er im Wegradeln. Er mußte einkaufen, denn Elsebeth war krank. »Kauf Brot für die ganze Woche und vergiß ja das Weißbrot nicht«, hatte sie ein paarmal gesagt. Als er im Kaufladen stand und die vielen Weißbrotzöpfe sah, entschloß er sich, Babette wieder zu holen. Er wußte, wie falsch und übersüß dieses Weißbrot schmeckte. Ludwig sagte, als er das übrige hatte, laut, fast brutal: »Und Hef'.« Die Ladenfrau erschrak: »Wieviel, nur für Weißbrot?« »Nein, auch für Schwarzbrot.«

»Er hat das Brot vergessen«, dachte Elsebeth erschrocken, als sie vom Sofa aus die Tasche am Fahrrad sah. Ludwig lehnte es an die Hauswand und stieg sofort zu Babette hinauf. »Du sitzt da und betest den Rosenkranz«, sagte er. »Ich habe viel nachzuholen«, murmelte Babette. »Die Elsebeth suchtet, ich habe Hefe gekauft.« »Ich komme mit dir«, sagte sie. Als sie mit dem Teigmachen in der Küche anfingen, war Ludwig recht aufgeregt. »Dort ist das Salz, und du hast doch immer einen Löffel Schweineschmalz mitgeknetet, da ist das Schmalz.« Als ob Babette nicht genau gewußt hätte, wo das Salz und das Schmalz waren. »Du schaffst den Teig länger, darum wird dein Brot so gut.« Ludwig schaute ihr zu, wie sie gehörig knetete. Nebenher hatte er im Herd auch noch Feuer gemacht, damit man den Teig zum Gehen warm stellen konnte. »Die Elsebeth liegt auf dem Sofa«, sagte Ludwig, und Elsebeth sagte: »Ich liege da allein, und du sitzt dort allein, zieh doch wieder herüber.« Ludwig war Feuer und Flamme. Babette könne ihre Kammer oder die der Vettersfrau wiederhaben. Babette entschied sich für letztere. Am liebsten hätte Ludwig gleich angefangen umzuziehen, doch Babette meinte, das mache man am besten mit Helmut. »Er kann dann die Wohnung haben.« Ludwig runzelte die Stirn; er dachte an das Motorengeknatter. »Seine Freundin bekommt ein Kind. Sie finden keine Wohnung.« »Wenn man vom Esel spricht, kommt er«, sagte Elsebeth, die vom Sofa aus das Fenster im Auge hatte. Helmut wunderte sich über den Vorschlag, war aber begeistert. Sonntags zogen sie um. Babettes Kammer wurde schön, auch die öde Stube bekam wieder Leben, und das Essen und das Brot wurden durch Babette wieder besser. Wenn Leute kamen, wunderten sie sich, wie freundlich und vernünftig sie war. Daheim sagten sie:»Jetzt hat man doch gemeint, die Babett sei verrückt. Das ist ja gar nicht wahr.«

Es ging ruhig zu in der Nebenwohnung. Helmuts Frau war eigen. Wenn sie Milch und Eier holte, kam sie nur auf die hintere Haustreppe. Einmal kam Babette gerade vorbei, als sie den Kinderwagen in den Schatten stellte; man sah schon, daß das zweite unterwegs war. Babette meinte, nun müsse sie endlich einmal das Kind anschauen und es loben, doch da stellte sich die Frau mit dem Rücken schützend davor. »Es hat keine Großeltern«, sagte sie, »es ist alte Gesichter nicht gewöhnt und könnte erschrecken.« Da ging Babette weiter. Sie lachte vor sich hin und sagte laut: »So brauche ich wenigstens nicht Urgroßmutter zu werden.«

Es ging ihnen nicht schlecht auf dem Einödhof. Ludwig hatte Grundstücke verkauft und verpachtet. Die Bauern aus der Gegend vor dem Wald konnten mit ihren Traktoren herschießen und alles umtreiben. Ludwig hatte nur noch ein wenig Acker ums Haus herum, zwei Kühe, ein Schwein sowie ein paar Hennen. Es war jetzt schon die Zeit, da die alten Bauern nicht mehr dankbar sein mußten, wenn sie von geizigen Schwiegertöchtern oder undankbaren Erben ein paar Mark bekamen, jetzt hatten sie selber eine Rente.

Babette pflegte Elsebeth gesund, dann wurde diese wieder krank, wieder gesund und wieder krank. Schließlich half sie ihr beim Sterben. Ludwigs und Babettes Geschwister starben alle, ebenso Babettes Mitsängerinnen, eine nach der andern. Auch die Frau des Jägers und er selber starben. Auch Hans. Wenn Babette von diesen Todesfällen hörte, bekam sie den irren Ausdruck im Gesicht. Ludwig schaute sie dann ängstlich an, erst recht, wenn sie mit der Faust auf den Tisch schlug und dazu sagte: »Ich zwinge sie alle«, oder: »Ich werde über alle Herr.«

Der Briefträger hatte die Zeitung gebracht, und beide machten sich darüber her. Babette brauchte ein starkes Vergrößerungsglas. Sie starrte auf eine Todesanzeige. »Was stierst du denn immer auf denselben Fleck?« fragte Ludwig. Da sie nichts sagte, las auch er sie. Ein Postbeamter mit einem ihm fremden Namen war dort genannt. Darunter eine Frau und eine lange Reihe Kinder, die um den Verstorbenen trauerten. »Die Leute kennen wir nicht, gib mir jetzt das Blatt.« Babette wollte es immer noch nicht hergeben. »Sie haben eine Babette«, sagte sie. Da riß ihr Ludwig die Zeitung weg und schrie sie an: »Hast du denn gemeint, du seist die einzige Babett auf der Welt?«

Helene

Helenes Mutter hatte aus einer weit entfernten Gemeinde in das Dorf geheiratet. Doch was heißt schon weit, heute wäre es ein Katzensprung. Damals aber mußte man für solch eine Entfernung schon in der Frühe das Fuhrwerk anspannen, es in der Stadt im Wirtshaus einstellen, etliche Stationen mit der Bahn fahren und dann noch eine gute halbe Stunde zu Fuß gehen. Für den Rückweg mußte man am frühen Nachmittag aufbrechen, um zur Stallarbeit wieder zu Hause zu sein. Darum fuhr man zu solcher Verwandtschaft nicht, wie es sonst üblich war, zum Hochstuben, sondern nur in der ärgsten Not.

Der Frau eilte ein Ruf voraus. Um ein Haar hätte sie einen Herrn bekommen. Was es für einer gewesen war, ein Lehrer, ein Bankbeamter oder gar ein Doktor, wußte niemand, denn sie selbst sprach nie davon; auch warum es nichts geworden war, war nicht bekannt. Aber daß es so war, stimmte, denn sie brachte in die Bauernstube Möbel mit, die man sonst in der Gegend nirgends sah. Sie waren etwas voreilig für ein Herrenzimmer gekauft worden. Außerdem hatte die Frau auch etwas Feines im

Gesicht, was man hier nicht gewohnt war. Sprach sie aber, paßte sie gut hierher, und war es normal, daß sie diesen Klotz von einem Bauern geheiratet hatte, der noch dazu einen recht hart klingenden Namen hatte. Sie verspürte kein Heimweh, und war dem Steiner eine gute Bäuerin, schenkte ihm auch drei Kinder, allerdings in großen Abständen.

Das erste war die Margarete. Sie glich ihrer Mutter, war aber im Aussehen noch feiner. Von der ersten Stunde an trachtete die Frau danach, daß diesem Kind zukommt, was ihr versagt geblieben war. Man sah Margarete nie barfuß laufen. Als sie in die Schule kam, ging die Steinerin oftmals zum Lehrer und zur Stricklehrerin, um sich über Margaretes Erziehung zu beraten. Deswegen wurde Margarete extra behandelt, obwohl sie nur eine mittelmäßige Schülerin war. Wenn die andern Mädchen Socken strickten, durfte sie Sofakissen besticken. Der Steiner mußte ein Klavier kaufen. Das paßte zu den Möbeln. Der alte Lehrer gab ihr Stunden. Niemand neidete aber der Margarete etwas, im Gegenteil, alle ihre Mitschülerinnen waren froh, keine solche Sonderstellung zu haben. Zudem war Margarete ein recht liebes, gutmütiges Mädchen.

Der Traum der Steinerin erfüllte sich nur zu bald. Margarete war noch nicht zwanzig, da hatte sie schon einen Bräutigam, und man fing an, noble Aussteuer zu kaufen. Es war ein Ratsschreiber. »Bei seiner Jugend und Gescheitheit kann er es leicht in der Stadt zum Bürgermeister bringen«, sprach die Steinerin. Sie war glücklich. Margaretes um sieben Jahre jüngere Schwester Helene war aber unglücklich. Sie wußte selber nicht warum. Nicht, daß sie der Schwester das Glück nicht gegönnt hätte. Sie hatte Margarete sehr lieb, und darum mußte sie diese bedauern. Wenn der Ratsschreiber mit seiner dicken, weißen Patschhand nach der Margaretes griff, um mit ihr zum nahen Wäldchen zu gehen, setzte sich Helene hinter das Haus und weinte. Noch viel herber wurde es ihr, wenn Margarete auf dem Klavier »Freut euch des Lebens« spielte, der Ratsschreiber seinen runden Mund aufriß und »Pflücket die Rosen, eh' sie verblüh'n« sang. Das kam Helene unheimlich verrucht vor.

Im Herbst sollte die Hochzeit sein. Im Sommer wollte Margarete einen Badeanzug. Der Bräutigam stammte aus einem Ort am See und drängte, Margarete müsse mit ihm schwimmen gehen. An einem Samstag ging sie mit der Mutter in die Stadt, um einen Badeanzug zu kaufen. Die Steinerin blieb vor Möbelgeschäften stehen und sagte: »Heute hat man viel schönere Herrenzimmer.« Am Sonntag radelte das Brautpaar zum See. Er wußte eine schöne Stelle, wo er als Junge oft gebadet hatte. »Schick«, sagte er zu Margaretes Badeanzug, »geh' aber nicht zu weit hinein, hier hat es Gumpen wegen dem Bach.« Margarete konnte nämlich nicht schwimmen. Ihn aber gierte es danach, er schwitzte an diesem schwülen Nachmittag arg. Bald sah sie nur noch seinen Kopf. Das Wasser zog den

Fettkloß geradezu seewärts. Margarete gefiel es; sie planschte, wie geheißen, am Ufer. »Nur bis zur Hüfte.« Doch es gefiel ihr immer besser. »Nur bis zur Brust, bis zum Hals«, dachte sie. Dieser einsame Kopf da draußen, der ihr gehörte, zog sie eigenartig an. So geriet sie in ein Wasserloch.

Er wollte es lange nicht wahrhaben, als nur noch ihre Kleider dalagen. Bis der schwere Sturm aufkam suchten sie, auch danach noch in der Dunkelheit, aber erst am nächsten Tag fand man sie ans Ufer geschwemmt.

Hinter dem Totenwagen schritten zuerst Helene mit ihrem kleinen Bruder, dann die Eltern, schwer getroffen von diesem Schlag, und danach der Ratsschreiber mit der Großmutter. Die Großmutter war das Besondere an der Beerdigung. Niemand hatte sie bis dahin gesehen. Für einen kurzen Moment fuhr es manchen Leuten durch den Kopf: »Da ist ja die Margarete noch«, so sehr hatte Margarete ihr geglichen. Sogar die grauen Haare hatten etwas von der Blondheit von Margaretes Haaren. Fein gekleidet, aufrecht und stolz schritt die Großmutter neben dem Ratsschreiber her. Alle Leute spürten es: von ihr muß die Idee ausgegangen sein, daß ein Leben zwischen Schweinen und Kälbern und bei Ackerschollen kein Leben ist. Niemand hätte sich nachher groß gewundert, wenn der Ratsschreiber die Großmutter geheiratet hätte. Das tat er natürlich nicht; er ließ sich versetzen und hielt bald darauf Hochzeit.

Der Steiner verkraftete den Schmerz am schnellsten. Er hatte keine tiefe Beziehung zu dieser feinen Tochter gehabt; die zweite, die ihm ähnelte, hatte er lieber. Dazu fiel ihr Tod in die schlechten Wirtschaftsjahre, er dachte sogar manchmal mit Erleichterung an das Herrenzimmer, das er nun nicht zu kaufen brauchte, oder an die Aussteuer, die man für Helene schon hatte. Auch die Steinerin verwand es. Es kam ihr vor, als wäre Margarete auf dem Feld der Ehre, der Herrenehre gefallen. Nur Helene ward aus der Bahn geworfen. Bis dahin hatte man ihrer kaum geachtet. Sie lief barfuß, ihre Leistungen in der Schule waren etwas unter dem Durchschnitt, niemand kümmerte das. Die Mitschüler fürchteten sie ein bißchen, denn sie war grob. Geriet man mit ihr in Streit, kamen selbst die Buben nicht ohne Biß- und Kratzwunden davon. Daß sie keinen erwürgt hat, war erstaunlich. Vor allem daß ihr um fünf Jahre jüngerer Bruder mit dem Leben davonkam, war ein Wunder. Mit den Kälbern und den Katzen ging sie dagegen zärtlich um.

Nach dem Unglück wurde alles anders. Helene war dreizehn, und ihre Mutter sagte: »Du darfst nicht mehr barfuß laufen.« »Geh' aus dem Saustall, sonst riechst du danach.« Sie nahm ihr auch die Mistgabel aus der Hand und sagte: »Laß mich misten, gehe du und richte den Tisch.« Zur Nachbarin sagte die Steinerin: »Das Lenele darf nur noch nettelen.« Der alte Lehrer gab ihr nun Klavierstunden. »Freut euch des Lebens« wollte sie um keinen Preis lernen, »Stille Nacht« brachte sie schließlich zuwege. Helene und ihr Vater wehrten sich anfangs gehörig gegen dieses unnatürliche Leben. Der Steiner wehrte sich viel länger, denn Helene fing dieses bequeme Leben bald zu gefallen an. Sie wurde so langsam stinkfaul. Als sie achtzehn war, half sie draußen nur bei dem, was sie mochte. Kochen und Putzen gefielen ihr nicht, zumal die Steinerin sie nichts selbständig machen ließ; sie bügelte höchstens manchmal. Nähen und Handarbeiten haßte sie seit je, nur mit den Blumen und den Katzen gab sie sich gerne ab.

Es war dann schon in der Zeit, in der manche Bauern, solche wie der Steiner, zu Geld kamen. Auf der Sparkasse war ein Rechner, der kam des öfteren zu ihnen. Aus wichtigen und nichtigen Gründen. »Helenele, schenk dem Herrn Most ein«, hieß es dann. Der Rechner kannte die Vermögenslage des Bauern. Die Helene gefiel ihm gar nicht so schlecht, zumal sie kein Sonntagskleid anhatte. Eigenartigerweise sah sie im Werktagskleid und in der Schürze frisch, in einem feinen Kleid aber wie verwelkt aus. Es hieß nun bei der Steinerin: Helenele hinten und Lenele vorn, und gar so verrucht kam es ihr nicht einmal vor, wenn sie mit dem Rechner Hand in Hand zum nahen Wäldchen ging.

Untreu wurde dem Rechner dann die Steinerin. Statt des alten Lehrers kam nämlich nun der junge Unterlehrer, um Helene Klavierstunden zu geben. Lehrergehälter waren damals recht klein. Der Mann tat der Steinerin schön, und diese fing an, Helene in die Ohren zu blasen, ein Lehrer sei ein besserer Herr als ein Rechner. Als aber dann Helene mit diesem Hand in Hand ging, bereute sie es schwer, auf die Mutter gehört zu haben. Sie wußte mit ihm einfach nichts zu reden; auch er merkte, daß da einiges fehlte. So zog es sich ohne Entscheidung mehr als ein Jahr hin. Die Steinerin sagte sogar des öfteren »Helene« statt »Lenele«.

Wilhelm war um die fünfzehn und bekam eine schwere Krankheit. Ein Doktor kam ins Haus, ein sehr freundlicher, junger Herr. Nicht nur zum Kranken war er nett, sondern zu allen, auch zu Helene. Als Wilhelm wieder gesund war, wurde der Arzt zum Dank dafür immer wieder eingeladen. Die Steinerin holte für diese Einladungen ein Nachbarsmädchen, das in der Stadt kochen gelernt hatte, zur Hilfe. Der Arzt hatte wohl nie mit dem Gedanken gespielt, Helene zu heiraten, trotzdem sagte die Steinerin zur Nachbarin: »Das Helenele weiß nicht, soll es den Lehrer oder den Doktor nehmen.« Dann begann der Krieg. Die Herren kamen fort und wurden Offiziere. Der Lehrer war recht froh darüber. Eine Entscheidung blieb ihm erspart.

Es war nicht etwa eine langweilige, ebene Gegend, in der diese Menschen lebten, sondern eine schöne, bucklige

Welt. Der höchste Buckel in der Umgebung gehörte den Steiners. Etwa hundert Schritte unterhalb des Gipfels hatten sie einen großen Schuppen. Unter anderem bewahrten sie dort die Heinzen auf. Gleich nach Kriegsbeginn standen da Offiziere in blaugrauer Uniform. Sie fuchtelten herum, schritten hin und her, ließen vermessen und sagten dem Steiner, von wo an der Hügel beschlagnahmt sei. Es ging gleich los; der Feldweg war sofort ein Morast. Soldaten legten alsbald eine feste, befahrbare Straße an. Der Schuppen wurde eine Art germanische Empfangshalle, sehr schön, und zu beiden Seiten entstanden Schlafbaracken. Anfangs wußte niemand, wie es dort aussah, doch später wußten die meisten Mädchen der Gegend, wie heimelig es oben war. Auf dem Gipfel wurde ein eigenartiges Tier aufgebaut; von der Seite sah es aus wie eine Maus, die im Gebüsch hockt. Der Hügel war nämlich kahl, es war ein künstliches Gebüsch; die Maus mußte getarnt werden. Sie streckte den Schwanz hoch in die Luft, das war eine Antenne, und die zwei riesigen Ohren waren Horcher, ganz empfindliche Ohren, die Fluglärm auf hundert Kilometer Entfernung oder gar schon, wenn in England Flugzeuge aufstiegen, hörten. Dieses Gerät hatte niemand aus der Nähe gesehen, denn zehn Schritte davor stand ein Wachhäuschen. Der Wachposten ließ keinen Unbefugten durch. Außer diesem Durchlaß war ein hoher, unüberwindlicher Zaun um den Buckel gezogen. Die Flaksoldaten, die ständig um die Maus herum waren, hatten also nicht zu schießen, sondern nur zu horchen, und darum nahm man sie nicht für voll. Nur ein paar mußten abwechselnd horchen und Wache stehen, die übrigen machten die Gegend unsicher. Es waren etwa vierzehn Krieger, ein Unteroffizier, sonst lauter Mannschaften. Sie bekamen das Essen in einer Gulaschkanone geliefert, doch hatten sie alle noch viel mehr Hunger. So schwärmten sie in die umliegenden Höfe nach Milch, Eiern und Speck aus, vor allem in die, wo Mädchen waren. Bald brieten sie die Spiegeleier an Ort und Stelle. Es war tatsächlich zu Anfang des Krieges für Bauern, Soldaten und Jungfrauen eine Gaudi. Alles war froh darüber, weil der Krieg sich so gut anließ.

Vom Oktober des ersten bis Ende August des zweiten Kriegsjahres waren es mit ganz geringem Wechsel dieselben Männer. Sie kamen alle aus dem Bayerischen und sprachen einen liebenswerten Dialekt. Der Unteroffizier war ein famoser, lustiger Kerl und ledig. Er sagte gleich ohne Umschweife, er wolle keine von hier, seine Frau müsse einmal aus dem »Schachterl« sein. Aus dem Schächtele gab es freilich keine; ein paar Schachteln waren wohl da, doch hier war der Unteroffizier nicht heikel: er poussierte sie der Reihe nach durch. So ähnlich machten es auch seine Mannschaften. Man kannte alle gut, wußte ihren Beruf, auch ob sie verheiratet waren und wie viele Kinder sie hatten. Wenn Brüder und Freunde auf Urlaub kamen, hielten sich Flaksoldaten diskret zurück.

Bei Steiners war es anders. Zu ihnen kam die ganzen Monate immer nur ein und derselbe Soldat. Er hatte ein ebenmäßiges Gesicht, eine hohe Stirn, zu wenig Haare und trug eine große, leicht getönte Brille. Also etwas Herrenartiges war an ihm. Auch hatte er eine gute Figur und schöne weiße Hände. Die anderen Soldaten kamen oft schlampig daher, sogar im blaugrauen Unterhemd, ihn sah man nur korrekt gekleidet. Meist hatte er eine weiße Halsbinde, allerdings eine recht schmutzige, um, wenn er zum Steinerhaus ging. Bald wußte es die ganze Gegend: es war ein Herr, der zu Helene ging, einer aus München. Zuerst hieß es, er sei Bankbeamter, dann Bankdirektor, dann Bankier. Eigenartig war, daß keiner der Soldaten von ihm sprach. Fragte man und wollte Näheres wissen über sein Herrentum, schauten sie einander an und zuckten mit den Achseln. Seltsam war auch, daß er die ganze Zeit einfacher Soldat blieb. »So ein Herr ist für den Frieden, er will nicht befördert werden«, sagte die Steinerin. Die Beförderungen der übrigen Gefreiten zu Obergefreiten nahm der Unteroffizier zum willkommenen Anlaß, droben in der Stellung zu feiern. Auch an Weihnachten, an Silvester und in der Fasnacht fanden lustige Feste statt. Jeder lud dazu seinen Schatz ein. Es war eine nette, harmlose Sache, nur Helene war nie bei diesen Festen. Und dies war das Eigenartigste, denn dann schob der Belami, wie die Kameraden ihn nannten, obwohl er nur so ähnlich hieß, Wache; jedesmal, bei jedem Fest. »So ein

Herr ist nicht für das Gehopse in diesen Kriegszeiten«, sagte dann die Steinerin. Sie wußte gut, daß er mit Helene schlief. Sie duldete es. Ihr wie Helene war dies untrügliche Gewähr dafür, daß sie eine noble Bankiersfrau sein werde. »Kommt er schon wieder«, erschrak Helene, wenn er in der weißen Halsbinde auf das Haus zukam, denn sie liebte ihn nicht. Am wenigsten, wenn der Steiner auf dem Feld war und ihre Mutter schnell zu ihm mußte. Nein, es gefiel Helene überhaupt nicht, wenn sie allein bei ihm war. Da nahm er nämlich seine Brille ab, und sie sah, daß seine Augen unstet und stechend waren. Je mehr Monate vergingen, desto weniger freute sie sich auf das Herrenleben mit ihm und hatte doch nicht die Kraft und den Mut oder den Verstand, ein Ende zu machen. »Lieber Gott, laß ihn wenigstens die Brille aufbehalten«, betete sie, wenn er den Berg herunterkam.

So etwa sechs Wochen lang feierte man alle paar Tage Abschied. Entweder oben, ganz groß – der Belami schob Wache –, oder in kleinem Kreis in den Häusern. Doch plötzlich wurde es ernst. Die Maus zog den Schwanz ein und klappte ihre überempfindlichen Ohren herunter. Sie hatten ihr wohl Tag und Nacht gedröhnt, und nun konnten die Horcher das Gedonner nicht mehr orten. An einem Sommernachmittag ging es hektisch zu da oben, es wurde abgebaut und eingepackt. Außerdem mußte jeder Soldat noch schnell zu einem Hof rennen, um sich endgültig zu verabschieden. Ein Obergefreiter, der das zweite

Sagen hatte, ließ von Kameraden das Nötige erledigen: er mußte mit seinem Mädchen ins Kino fahren, in die Nachmittagsvorstellung, um sie im dunklen Raum noch einmal zu küssen und ihr die Hand zu halten. Es war zwar ein verheirateter Mann, alle wußten es, aber er hatte rein geschäftshalber geheiratet und war tief gerührt von der starken Liebe des Bauernmädchens. So etwas hatte er noch nie erfahren. Als dieses Mädchen mit verweinten Augen in die Stube kam, wie ihre Leute gerade beim Vesper saßen, da sagte ihr kleiner Bruder: »Jetzt plärrt die blöde Kuh auch noch.« Sonst verlief der Abschied überall ohne Tränen. Am andern Tag waren sie tatsächlich alle weg.

Helene strich ums Wachhäuschen. Zwei fremde Soldaten lungerten herum und lachten über sie. Zuletzt hielt die Steinerin es nicht mehr aus. Sie ging um Salz zur Nachbarin und erfuhr nebenbei, daß die Stellung aufgehoben sei. Danach warteten sie und Helene wie verrückt auf Post, denn er hatte sich nicht verabschiedet. Nach gut zwei Wochen kamen riesige Lastwagen, um die Maus und alles andere wegzufahren. Es muß für die Soldaten eine schwere Arbeit gewesen sein, denn hungrig gingen sie in die nächsten Höfe, um etwas Eßbares zu kaufen. Von ihnen nahm man tatsächlich Geld: »Warum reden diese Fremden auch so anders«, hieß es. Zu Steiners kamen zwei. Die Frau konnte es in ihrer Not nicht lassen zu fragen, ob der Herr Bamonti, der Bankdirektor, krank sei.

»Den kennen wir nicht, wir sind von einer anderen Einheit«, sagte der eine. Der andere rief aber nach draußen, wo einer stand, der seinen Speck schon hatte und wartete: »He Max, komm' herein, du warst doch eine Zeitlang bei den Bayern. Die Frauen fragen nach einem Bankangestellten, einem Bamonti.« Da fing dieser Max fürchterlich an zu lachen und schlug sich auf die Schenkel: »Der? Der hat noch nie eine Bank von innen gesehen, höchstens als Einbrecher.« Helene tat einen eigenartigen Schrei. Ihrem Vater kam es so vor, als wäre es ein Freudenschrei. Aber dann verzog sie das Gesicht wie ein kleines Mädchen, das eben zu weinen anfängt. Sie schämte sich dessen und verbarg das Gesicht zwischen den Armen auf dem Tisch. So schluchzte sie dann, daß es sie nur so schüttelte. »Er hat dir wohl die Heirat versprochen«, sagte Max mitleidig, »wegen so was ist er auch einmal eingesperrt gewesen.« Einer sagte: »Das könnt ihr melden, es wird beim Militär streng bestraft.« Sie unterließen es aber, weitere Auskunft zu geben, denn sie sahen das Gesicht der Steinerin und merkten jetzt erst, was sie angerichtet hatten. Betreten verließen sie das Haus. »Du kriegst ein Kind«, schrie die Steinerin plötzlich Helene an. Diese rollte aber verneinend den Kopf auf dem Tisch hin und her. »Von so einem Kerl bekommt man kein Kind«, sagte der Steiner. Dann schüttelte er Helene grob an der Schulter und sagte viel lauter: »Komm' mit, wir müssen zum Weizen.«

Helene hatte in ihrem Leben drei gute Zeiten erlebt. Die nun folgenden Jahre waren trotz immer schlimmer werdendem Krieg, trotz Sorge um Wilhelm und trotz des Elends wegen der kranken Mutter die erste gute Zeit. Helene merkte, wie süß Arbeit sein kann, allerdings nur Arbeit mit dem Vater, draußen auf dem Feld, in der Scheune und im Stall, nicht Hausarbeit. Als das Öhmd eingebracht war, räumten sie die alten Heinzen wieder in den Schuppen. Im Winter davor mußten sie im Freien stehen und hatten durch die Witterung schwer gelitten. Die Anfahrt zum Schuppen indes hatte mit dem Teerbelag für alle Zeit gewonnen. Der Buckel wiederum war verschandelt, denn jetzt erst sah man, daß die Maus nicht nur im künstlichen Gebüsch, sondern auch in einem tiefen Loch saß. Betonsteine lagen umher, weswegen es dann Jahre brauchte, bis das Gestampfe vom Gras überwachsen war. Dagegen erfuhr der Schopf selber eine großartige Verbesserung. Es waren geschickte Kerle, die ihn damals zur Hauptstube machten. Dort, wo vorher Lehmboden war, war jetzt ein schöner Dielenboden. Auch die Holztäferung an Decke und Wänden war geblieben und die an der Wand festgezimmerte Bank. Zudem besaß der Schuppen jetzt Tür und Fenster. Einer der Burschen muß ein Holzschnitzer gewesen sein. In die Wanddielen hatte er Runen und Hakenkreuze geschnitzt; in eine Ecke auch ein Christuskreuz. Die alten, grauschwarzen Heinzen paßten nicht in diesen vornehmen Raum.

Helene war auch verwundert, als sie am Stapeln war. Sogar der Steiner spürte das Unvereinbare, und er sagte zu Helene: »Siehst du, so wie den Heinzen wäre es dir gegangen.«

Nicht daß Helene direkt gewünscht hätte, Wilhelm möge nicht mehr aus dem Krieg kommen, aber manchmal stellte sie sich doch vor, wie es dann wäre. Es gab da einen Burschen, von dem wußte sie, daß er gerne auf den Hof käme. Es war das einzige Mal, daß sie sich ein normales Leben denken konnte. Und das machte sie fleißig und froh. Die Steinerin dagegen konnte die Schande nicht verkraften. Ihre Krankheit muß vorher schon in ihr gesteckt haben, gleich danach brach sie aus. Jede Woche mußte der Arzt kommen, um ihr das Herzwasser abzunehmen. Den Nachbarinnen tat die gebrochene Frau leid, darum besuchten sie sie. Auch die Krankenschwester schaute oft nach ihr. Es kam das Geschwätz auf, die Helene sei eine arge Schlampe, sie lasse den Haushalt verwahrlosen und kümmere sich nicht um die Kranke. Sogar der Arzt, der eigentlich nichts über die Haushalte sagen durfte, beklagte sich bei den Nachbarn, er könne verordnen, was er wolle, es werde doch nicht ausgeführt. So fand man denn die Steinerin tot auf dem Boden, mit einer Medizinflasche in der Hand.

Jenes Mädchen, das damals zum Abschied ins Kino mitdurfte, bekam als einzige Post, und sie wurde gefragt, wie es weiterging. Es ging nicht gut weiter für die lustigen Gesellen. An verschiedenen Orten, ihm Ruhrgebiet und an der Kanalküste, kamen sie um: der Unteroffizier, der Brunner und der Aumeier. Der Filsberger habe beide Beine verloren und der Huber durchgedreht. In seinem letzten Brief schrieb jener Obergefreite, daß er nun keinen linken Arm mehr habe, aber deshalb bald heim dürfe in sein Geschäft. Das Mädchen hätte zu gerne der Helene die tröstliche Nachricht gebracht, der Belami sei gefallen, aber von ihm stand nie etwas in den Briefen.

Wilhelm kam nach England in Gefangenschaft. Erst als der Krieg längere Zeit vorbei war, schrieb er. Er sei bei einem Farmer und habe es gut; ja er könne sogar dessen Tochter bekommen und dort bleiben. Das wünschte sich nun Helene, aber dann kehrte er doch heim. »Ah, das Helenele«, sagte er eines Tages. »Heiß mich bloß nicht mehr so«, bat sie. Wilhelm war aber ein Klotz, er fragte nicht, warum. »Lenele, warum schläfst du denn beim Vater in der Stubenkammer?« wollte Wilhelm wissen, als sie zu Bett gingen. »Das wirst du bald merken.« Schon in der ersten Nacht merkte es Wilhelm.

Helene konnte wegen Wilhelms Heimkunft lange nicht einschlafen. Im ersten Schlaf hörte sie nicht, wie ihr Vater diesmal aus der Kammer ging. Erst als vom Stall her wüster Lärm drang, rannten sie und Wilhelm dorthin. Der Steiner hatte alles Vieh, sogar den großen Häge, losgelassen. Solche Dinge trieb er in letzter Zeit, zum Beispiel zog er auch die Hosen verkehrt an. »Er wird immer wisloser«, sagte Helene. »Da ist es höchste Zeit, daß ich wieder da bin. Und eine Sauerei hast du im Haus. Eine Frau muß her.«

Es wurde viel geheiratet in jenen Jahren. Für die Heimkehrer und für die Mädchen war es Zeit, für solche, die lange umsonst auf einen gewartet hatten und für die Hoferbinnen, denen der Bruder verlorengegangen war. Wilhelm hatte von früher her eine im Sinn. Sie war von einem nur kleinen Anwesen und etwas älter als er, sogar drei Tage älter als Helene, sah aber außerordentlich hübsch aus. Wenn Stadtfrauen vollkommen sind, alles können und nie einen Fehler machen, fällt dies weniger auf, weil sie nicht so viele verschiedene Dinge zu machen haben wie die Frauen auf dem Land. Bei Anni war es ganz auffällig. Sie war sehr von sich eingenommen und lobte sich sowie alles, was sie hatte und tat. Sie pries den Bräutigam und ihre zukünftige Heimat, sogar eine Maus, die ein Loch in den Mehlsack fraß, weil sie es nahe der Naht tat und der Sack da leicht zu flicken war. Anni gab auch nicht zu, daß es da eine Schwägerin gab, die ihr nicht behagte. Darum lobte sie Helene auch (erst nach der Hochzeit ließ sie keinen guten Faden mehr an ihr). Vorerst sagte sie also »Lenele« zu ihr, hängte sich bei ihr ein und bezog sie in alles mit ein. Helene kam es zuletzt vor, als wäre auch sie eine Braut.

Auf vielen Höfen der Pfarrei lebten schon wegen der Kriege ledige Mädchen. Bei manchen war nicht der Krieg schuld, sie hatten Kröpfe und Warzen. Manch' eine war jedoch überdurchschnittlich hübsch; diese hatten die Ansprüche zu hoch geschraubt, im Hui waren Gelegenheiten verpaßt. Eine andere war aufrichtig fromm und ihr die Ehe eine zu sündhafte Sache. Von manchen Höfen wußte man, daß eine Tochter, meist die älteste, Aussteuer und Vermögen bekam, den weiteren Töchtern aber eine Heirat strikt verboten wurde. Sogar Mütter gönnten nur Söhnen sowie dem Sach Wohlergehen. In verschiedenen Familien ging es zeitweise schlimm zu, weil eine Tochter einen Fabrikler oder Evangelischen heiraten wollte. Meist gaben sie solchen Frevel auf. Etliche Mädchen waren aber da, die waren über die Maßen fleißig und von großer Herzensgüte. Sie halfen der Mutter zwischen drei und sieben Buben aufziehen, einen Großteil von ihnen fürs Vaterland. Manchmal war auch ein dauernd krankes Geschwister zu betreuen, der alte Großvater, die hinfällige Mutter zu pflegen. Sie hatten keine Möglichkeit, sich um Männer zu kümmern, und waren dann der Frau eine rechte Hilfe, sogar richtige Freundin. Das waren die besten Fälle. Tanten waren sie allesamt gute. Meist war die ledige dem Bruder Knecht, hatte ihrer Lebtag Kreuzweh oder Rheumatismus. Aus vielen Häusern sind sie zwar diesem Schicksal entflohen, aber sie schufteten in Klöstern weiter. Einige nahmen ihr Leben selbst in die Hand; sie putzten die Kirch, arbeiteten in der Anstalt oder in der nahen Fabrik. Und nicht nur eine lag auf der Lauer, endlich mit dem Erbvetter rosenkranzen und ihn beerben zu können. Ein paar behielten das Heft in der Hand; solche hießen Rese, und einen Hofhund brauchte man da nicht, das war so die Rede. Da war dann die Frau der Knecht oder die Magd. Andere würzten wenigstens mit fortwährendem Gezanke das Leben in den Familien.

Für Helene traf all dies nicht zu. Nicht einmal zanken konnte sie mit Anni. Man konnte Anni diesbezüglich nichts nachsagen, sie war zwar im Umgang mit Helene von keiner Herzlichkeit, doch alle Leute und Anni selbst sprachen davon, wie gut Helene behandelt werde. Nur zweimal kam etwas vor. Das erste Mal gleich in der Hochzeitsnacht. Helene, die Brautjungfer, war schnell in die Kammer gerannt, damit sie dem Paar nach Mitternacht ja aus den Augen sei. Sie war schon im Unterrock, da ertönte von der Stube her ein Schrei, und zwar war es ihr Name, so wie sie ihn von nun an hörte: »Heläne!« Wenn man bedenkt, wie dortzulande das letzte »e« ausgesprochen wird, war es kein schöner Name mehr. Warum jetzt schon »Heläne«? Nicht Helene, sondern ihre Katze hatte den Vogel gefressen. Anni hatte ihn von ihrem Vater als Hochzeitsgeschenk bekommen. In der Eile hatte man morgens die Stubentür offengelassen. Das Nachbarmädchen, das gomen durfte, hatte nur im Stall zu tun. Die Katze aber schlich tagsüber immer wieder in die Stube.

Als der Vogel am Abend immer noch da saß, sprang sie, vielleicht vom Tisch aus. Die zitronengelben Federn lagen auf dem Stubenboden. Am anderen Vormittag sah Helene die tote Katze mit blutiger Schnauze auf dem Misthaufen liegen. Da ging sie wieder ins Bett; das Hochzeitsessen habe ihr nicht gutgetan. Von der Küche her – in ihr aß man, seit Anni da war – hörte sie diese sagen: »Katze kommt mir keine mehr her.«

Dann gab es noch Ärger wegen der Geranien. »Laß' sie doch«, hatte Wilhelm zu seiner Frau gesagt. Helene konnte immer schon gut die Fenster mit Blumen schmücken. Den ganzen Winter päppelte sie die Stecklinge, in diesem Frühjahr waren sie besonders schön. »Ich habe Geranien noch nie gemocht, Fuchsien kommen an die Fenster«, hatte Anni bestimmt, aber bei jenem »Laß' sie doch« fing sie an, hysterisch zu werden. Sie sei schwanger und könne den Geruch der Geranien nicht ertragen. »Tu' sie halt an die Stallfenster«, tröstete der Bruder Helene. Das tat sie auch. Es blieben aber viele übrig; diese trug Helene zum Friedhof. Anni hatte aber die Sommerbepflanzung schon gemacht, schön und voll, ganz anders, städtisch. Helene kam es vor, als lägen fremde Menschen, nicht die Schwester und die Eltern da unten. Die Geranien stellte sie an den Abfallhaufen; sie hoffte, jemand könne sie brauchen.

Sonst gab es nie mehr Streit. Helene arbeitete, was man sie hieß. Meist waren es untergeordnete Arbeiten:

im Keller tagelang Kartoffeln abkeimen, Holz beigen und auf großen Wiesen und Äckern Mist spreiten. In ihrer Kammer hatte sie die Herrenzimmermöbel. Anni staubte sie manchmal ab, wenn der Staub gar zu hoch auf dem schwarzen Holz lag. Oft hatte Helene keine Arbeit.

Es kam dann Helenes zweite gute Zeit, die mit dem Kind. Sie konnte sich an ihm nicht sattsehen, von einem Tag zum andern freute sie sich darauf. Als es anfing zu lachen, sah sie, daß es ihrer Schwester glich. Viel durfte sie zwar mit dem Kind nicht tun, den Schoppen halten und den Wagen schieben, wenn es weinte, ihr genügte das aber. Anschauen war ihr das Wichtigste. Die Kleine mochte indes Helene, und sie spielten miteinander. Etwa drei Jahre dauerte das große Glück, dann wurde Claudia frech. Sie hörte wohl von ihrer Mama manchmal etwas gegen Helene sagen, etwa sie sei faul oder schmutzig. Kinder haben für so etwas ein feines Gehör. Somit endete allmählich auch Helenes zweite gute Zeit.

Daß dies' erste Kind ein Mädchen war, lobte Anni über die Maßen. »So hab ich dann eine Kindsmagd, wenn die Buben kommen.« Und tatsächlich, so geschah es! Als Claudia vier war, kamen im Abstand von nur einem Jahr die Buben und nach einigen Jahren noch einer. Nun störte Helene in der Stubenkammer. Anni dachte sich aus, wie geschickt es als Kinderzimmer wäre. Das war verständlich, Helene sah es auch ein, und es ging alles im

Guten ab. Der alte Steiner hatte in seinen ersten Ehejahren hinter dem Haus gebaut. Er brauchte Raum für eine Schnapsbrennerei und für Geräte. Über der Brennerei waren recht lieblos für zwei grobe Knechte zwei Kammern gebaut worden. Zu den Kammern führte außen an der nördlichen Wand eine steile Holztreppe hinauf. Das war das Häßlichste am Bau im Nordschatten des großen Hauses. Der Steiner mußte damals einen herzlosen Maurer gehabt haben. Nur zur vorderen Kammer schien ein wenig Morgensonne herein. Dies war auch das einzige Fenster, von dem aus man auf die Straße blicken und sehen konnte, wer kommt und geht. Dazu mußte man allerdings stehen, denn die Fenster waren hochgelegen und klein.

In der schlimmen Zeit, als Evakuierte und Flüchtlinge jedes Dach und jeden Winkel brauchten, kam in dieses Nebenhaus eine Familie. Sie war von weit hergekommen, man verstand ihre Sprache kaum. Unterwegs hatte die alte Frau auf recht tragische Weise ihren achtzehnjährigen Sohn verloren. Er fiel vom Zug, an dem die Menschen wie Trauben hingen; vor ihren Augen wurde er vom fahrenden Zug überrollt. Anfangs sah man die Frau nur weinend. Sie war mit ihrem älteren Sohn und dessen schwangerer Frau hierher gewiesen worden. Es war ein geschickter, guter Sohn, obwohl seine Mutter sagte, der jüngere sei der viel bessere gewesen. Er machte aus den wüsten Kammern eine heizbare Wohnung, in der sie jahrelang, am Ende sogar mit drei Kindern, hausten. »Dann wird es Heläne auch allein dort aushalten«, bruttelte Anni ihren Mann an. Helene konnte es, zumal die vorigen Bewohner den Ofen, den Herd, eine Eckbank mit Tisch, ja sogar den Kühlschrank draußen neben der Tür zurückgelassen hatten. Nur Bett und Kleiderschrank brachte Helene mit. Die Herrenzimmermöbel zerschlug Wilhelm zu Brennholz. »Was du zum Kochen und Vespern brauchst, kannst du alles bei mir holen«, sagte Anni, so nett war sie. Helene arbeitete weiterhin manchmal mit. Für sich selbst kochte sie nicht aufwendig, und wenn sie drüben beim Vesper saßen, aß Helene ihr Brot oft sitzend auf der steilen Treppe und schaute dabei über die Wiesen. Es wäre zu traurig gewesen, wenn die kleine Kindsmagd nicht zu gerne ihren unflätigen Schützlingen entflohen und zu Helene gekommen wäre. Sie sagte »Tante Helene« und erzählte ihr alles. »Ich darf Klavierspielen lernen.« »Wann kommt immer der Lehrer?« fragte Helene. Da lachte Claudia. »Ich habe doch eine Klavierlehrerin, und die Mama fährt mich zur Stunde.« Später jubelte sie: »Ich darf in die Stadt, in die Oberschule.« »Das geht doch nicht, so weit und im Winter.« »Zuerst fahre ich mit dem Rad zur Haltestelle und dann mit dem Bus.« »Du lieber Gott«, jammerte Helene. »Meinst du, ich will es einmal so haben wie du und um das Brot und die Milch betteln? Ich will später einen Beruf lernen, einen rechten.« Helene wunderte sich stets über dieses Kind.

Einmal, Helene hatte Anni mit dem Auto wegfahren sehen – sie fuhr oft fort –, dachte sie: »Jetzt hole ich mir Milch.« Sie wußte, daß Claudia da war. Bei ihr holte sie am liebsten das, was sie brauchte. Mit dem »nur so nehmen« war es längst nichts mehr. Sie fand Claudia aber nicht. Draußen vor dem Haus brüllte auch Wilhelm nach ihr. Wenn seine Frau da war, hörte man ihn kaum, war sie aber fort, schrie er um so lauter. Helene schaute aus der vorderen Tür, da wurde etwas gebaut. »Sie ändern ja dauernd etwas«, dachte Helene, und als Wilhelm sie sah, schrie er: »Dann bring' du mir den Sack.« Er stand im Hausflur. Als Helene ihn hochhob, wunderte sie sich, wie leicht er trotz seiner Größe war. »Es müssen Grassamen sein«, sprach sie vor sich hin. Nun war sie die Haustreppe wohl tausendmal gegangen, zwar die letzten Jahre nicht mehr, denn sie ging nur nach hinten aus und ein, aber sie hatte die Abstände der Treppenstufen genau im Gefühl. Als sie den letzten Tritt auf den Boden tat, trat sie ins Leere. Sie waren nämlich daran, eine neue Haustreppe zu machen und hatten ausgegraben. Helene stürzte entsetzlich. Scharfkantige Pflastersteine zerschnitten ihr Gesicht und schlugen ihre Zähne ein. Sie konnte sich nicht mehr rühren. Wilhelm tobte immerzu: »Ich hab' doch gesagt, du sollst aufpassen.« Helene hatte dies nicht gehört. Lange Zeit lag sie im Krankenhaus. Schmerzbündel durchfuhren sie von der Kopfhaut bis zu den Zehenspitzen, anfangs unablässig. Als sie wieder heimkam, hatte sie weiße Haare und schwarze Zähne. Ein Augenlid konnte sie nur noch halb öffnen, auch hinkte sie stark. »Es ist nur gut, daß du bei der Arbeit verunglückt bist, jetzt bekommst du eine Rente«, sagte Anni. »Laß' dir neue Zähne machen«, sagte Wilhelm. »Zu was?« sagte Helene und zog sich mit beiden Händen die steile Treppe hinauf.

Wenn Claudia jetzt zu ihr kam und ihr die nötigen Lebensmittel brachte, denn Helene tat sich furchtbar schwer mit dem Steigen der steilen Treppe, brachte sie auch Zeitungen mit. Bald hatte Claudia bemerkt, was Helene ausschließlich interessierte: Hochzeitsanzeigen. Darum sammelte sie diese geradezu. Im Bus und in den Warteräumen lagen Illustrierte herum. Irgendwo auf der Welt heiratete immer irgendeine Prinzessin oder eine Filmschauspielerin. Über diese Berichte fiel Helene her, und Claudia machte es Spaß, ihr eine Freude machen zu können. Wenn Helene durch das Dorf humpelte, fragte sie jeden, den sie sah: »Wer heiratet, oder wer hat geheiratet, oder haben die schon ein Kind?« Weiter bis zum ersten Kind ging ihre Anteilnahme nicht. Von einem zweiten oder gar dritten wollte sie nichts hören. War irgendwo eine Hochzeit, war sie tagelang vorher aufgeregt, und als sie wieder besser gehen konnte, scheute sie sich nicht, auch in entferntere Kirchen zu humpeln, um das Brautpaar oder den ersten Täufling, war es eine Taufe, zu sehen. Man sprach und lachte natürlich darüber. Die beiden Lausbuben riefen ihr zu: »Heläne, der Pfarrer will die Hauserin heiraten.« Sie wußte gut, daß der Spott berechtigt war, konnte jedoch nicht gegen diese Manie ankommen.

Dann geschah das, was eigentlich geschehen mußte. Im frühen Herbst, Helene dachte nicht, daß schon Reif auf der Treppe sein könnte, stürzte sie wieder von oben bis unten und brach sich dieselben Knochen, nur an anderen Stellen. Sie kam diesmal in ein anderes Krankenhaus, in dieselbe Stadt, in die Claudia zur Schule ging. Vergeblich wartete sie auf die Schmerzbündel, und so wurde dies zu Helenes dritter guter Zeit. Die jungen Krankenschwestern waren hier viel freundlicher. Sie sagten »Fräulein Steiner«, nicht nur »Helene« zu ihr. Ihren Namen mochte Helene nie, man konnte viel zuviel mit ihm anfangen. Die Pflege war wohltuend, auf das Essen freute sie sich täglich, denn schon jahrelang hatte sie kein richtiges mehr. In der Mittagszeit oder der Besuchszeit kam Claudia mit einem frischen Nachthemd und Handtuch. Oft brachte sie Schulkameradinnen mit, lauter nette Mädchen. Helene war vor den Schwestern und den jeweiligen Bettnachbarinnen stolz auf ihre Nichte. Auf dem Nachttisch lagen die aktuellsten Hochzeitsberichte.

Das, was die gute Zeit eigentlich begründete, war aber der Stationsarzt, ein junger, schöner Mann. Er hatte jeden Tag ein freundliches Wort für Helene. Tat ihr das Geringste weh, schuf er Abhilfe. Den Schwestern schärfte er immer wieder ein, daß Fräulein Steiner vom langen Liegen ja nicht wund werden dürfe. Die Schwestern sahen natürlich, daß Helene in den Arzt verliebt war. Sie lachten nicht darüber, sie halfen sogar mit, denn sie gönnten dies der armen Kreatur. Dieser Arzt war für Helene der Bräutigam schlechthin. Nicht daß sie sich selber als Braut vorstellte. Dies stellte sie sich nicht richtig vor; nur ein wunderschönes Wesen unter einem Schleier. Wie aber der Bräutigam aussah, das wußte sie genau. Auch wußte sie genau, was er den ganzen Hochzeitstag lang tat und sagte; auch das in der Hochzeitsnacht stellte sie sich vor und wie er sich auf das erste Kind freute und es begrüßte. Nach seiner Taufe hörte sie auf und fing wieder bei den Hochzeitsglocken an. Sie hatte viel Zeit dazu, denn ihre Knochen wollten und wollten nicht zusammenwachsen. Sie wünschte es sich auch nicht. Dann kam aber eine neue Stationsschwester. »He, jetzt probieren wir aber zu gehen«, so etwa sprach sie schon am zweiten Tag. »Ich kann nicht«, sagte Helene. Das ließ die Schwester aber nicht gelten. Schon beim ersten Schritt wurde Helene natürlich totenbleich. Die Schwester gab aber nicht nach; mit einer jungen Schwester zusammen schleppte sie Helene durch das halbe Zimmer. »Sie geben sich nicht die geringste Mühe«, schalt die Neue, und auch die netten Schwestern waren Helenes ein bißchen müde geworden. Die Oberschwester mußte mit dem Arzt geredet haben, denn bei der nächsten Visite sagte auch er etwas vom Gehenlernen und war nicht so freundlich wie gewohnt. »Heut' hat der Herr Doktor schlechte Laune«, meinte Helene noch lustig zur Neuen. »Seine Buben werden ihn geärgert haben.« Jetzt durchfuhr es Helene heiß und kalt. »Wieviel hat er?« »Soviel ich weiß drei; der größte geht schon zur Schule.«

Als Claudia an diesem Mittag kam, erschrak sie. »Tante Helene, was ist los, geht es dir schlecht?« »Ich muß unbedingt laufen lernen.« Claudia ging zu den Schwestern und bekam zwei Geräte, die wie Hocker aussahen. »Komm', ich helfe dir.« Mit diesen hohen Hockern übte nun Helene. Ihr Gesicht war dabei aschgrau, und der Schweiß stand ihr auf der Stirn. Bald ging Helene allein mit diesen Gestellen, dann mit Krücken, sie übte unablässig. Die Energische wurde freundlich, auch der Arzt war wieder wie früher und lobte ihren Eifer. Wenn ich Treppen gehen kann, will ich entlassen werden«, sagte Helene wie abgestorben. Das lernte sie ganz verbissen, zuerst mit Claudia, dann allein. Der Schweiß lief ihr in Strömen übers Gesicht.

Als Helene diesmal heimkam, erschraken alle Leute. Die weißen Haare waren vordem, vor allem wenn sie von Claudia frisch gewaschen waren, glänzend und ihre Haut noch frisch gewesen. Jetzt waren die Haare aschig und die Haut fahl. Zusammen mit den Zahnstummeln, dem schielenden Auge und den Krücken war die Dorfhexe fertig. Claudia wollte etwas retten. Sie drängte ihre Mutter, mit einkaufen fahren zu dürfen. Aber Anni hatte sofort genug vom Einkauf. Sie schämte sich und gab vor,

Dringendes erledigen zu müssen. Nichts wollte passen. Alles, was Helene anzog, sah wie längst getragen aus, auch wenn sie nur schnell hineingeschlüpft war und man es wieder weghängte. Auf der Heimfahrt drehte sich Claudia tröstend nach Helene um: »Weißt du was, ich bringe dir einen Katalog hinauf, dann können wir in Ruhe aussuchen.«

Im ersten Jahr sprang Claudia oft hinauf, denn diese Treppe war für Helene längst nicht so leicht zu gehen wie die im Krankenhaus. Erst allmählich lernte sie es. Eine Krücke ließ sie unten an der Hauswand lehnen, die zweite handhabte sie mit der rechten, und mit der linken Hand konnte sie sich am Treppenlauf und Laubenganggeländer, an Tisch und Bett stützen.

Schon im Krankenhaus hatte Claudia gemerkt, daß sie ihr mit Heiratsanzeigen keine Freude mehr machen konnte. Als sie Helene bald nach ihrer Heimkunft die Zeitung vom Vortag brachte, lachte diese plötzlich hellauf: »Von oben bis unten sind sie gestorben.« Es war eine ganze Reihe Todesanzeigen. Nun sammelte Claudia solche, denn, ob Helene die Verstorbenen kannte oder nicht, das war ihr gleichgültig, sie fiel heißhungrig darüber her. Nur mußte Claudia aufpassen, daß nicht zu viele Danksagungen dabei waren, diese ärgerten Helene geradezu. Fand eine Beerdigung statt, zu der einer der Steiners gehen mußte, bettelte Helene: »Ich möchte mit.«

81

Wie ein Kind bettelte sie darum. Sie nahmen sie ungern mit, nicht nur, weil es große Mühe machte, sie ins Auto ein- und auszuzwängen. Es bedurfte meist Claudias Fürsprache; sie führte ins Feld, dies sei doch jetzt Helenes einzige Freude. Stocherte Helene durchs Dorf, fragte sie jeden, den sie traf: »Wer ist wohl der nächste, der stirbt?« Die beiden Lausbuben riefen ihr nach: »Helä, der Napoleon ist gestorben!« »Helä« hieß sie nun überall. Die beiden Buben hatten dies aufgebracht, und mit wenigen Ausnahmen dünkte allen dieser Name gerade recht für die wüste Helene.

Über vier Jahre war sie »Helä« gewesen. Es war wieder im Herbst, nur etwas später als beim großen Sturz, schon Ende Oktober. Helene fror in der Wohnküche. Den ganzen Vormittag hatte sie auf Anni gewartet, denn Claudia hatte versprochen, der Mutter zu sagen, daß sie Holz bringen solle, es sei kalt. Aber dann sah sie Anni wegfahren. Helene hätte ja ins Bett kriechen können, doch sie hatte dieses Ofenfeuer im Kopf, als könne ihr das die Rettung bringen. Helene fühlte sich schon seit Tagen nicht wohl. Nicht nur dieses ständige Frieren von innen heraus war es, sie mochte auch nichts mehr essen. Die Milch vom vorgestrigen Tag schüttete sie weg. Ihr Anblick reizte sie zum Erbrechen. Endlich fiel ihr ein, daß sie ja hinunter gehen und Wilhelm oder einen der Buben bitten könnte, ihr Holz zu tragen. Sie hatte schon zwei Strickwesten an und zwängte noch einen dritten Kittel

82

darüber. Der Abstieg dauert lange, denn immer wieder
wurde es ihr schwindlig. Unten langte sie nach der zweiten Krücke wie nach einem rettenden Ruder. Sie fand
niemanden. »Vielleicht ist der Kleine im Haus!« Aber
beide Türen waren zu. Nun ging sie zum Holzschopf.
Da stand der Henkelkorb, in dem man ihr immer das
Holz brachte, als wartete er auf sie. Helene füllte ihn mit
Mühe. Obenauf legte sie Reisig zum anheizen, den Korb
zu tragen, gelang ihr aber nicht. »Ich muß zu ihnen aufs
Feld.« Der Weg war zerrissen vom Traktor, sie stürzte
beinahe. »Da gehe ich lieber auf der guten Straße zur
Nachbarin, das ist eine gute Frau, die trägt mir das Holz.«
Helene merkte aber nach etlichen zehn Metern, daß die
Kräfte nicht bis dorthin reichten. Jetzt wollte sie schnell
ins Bett. »Ich mache die elektrische Platte an«, sagte sie
bei sich, denn sie konnte sich nicht vorstellen, sich im
kalten Zimmer auszuziehen. Diesmal fiel sie die Treppe
hinauf, dann etwa fünf Stufen hinunter. Es drehte sie
so eigenartig dabei, es war ihr, als hätte sie jemand ge-
schleudert. Sie fiel fast unter die Treppe. Der Boden war
hier naß und aufgerissen. Sie lag im Dreck. Ein unheim-
licher Schreck durchfuhr sie: »Claudia, Claudia!« Da fiel
ihr aber sofort ein, daß sie ja gar nicht da war. Sie hatte es
ihr gesagt, nach der Schule habe sie Fahrschule. Helene
wollte sich bewegen, aber das war unmöglich, sie wußte
selbst nicht, warum. So fing sie an »Hartmut, Hartmut,
Hartmut!« zu rufen. Der Name war hart, es fing an, ihr in

der Hüfte weh zu tun. »Markus!« Oh, das ging durch Mark und Bein. Dann hörte sie Traktorengeratter. Sie sah den Traktor vor den Stadel fahren. Der Kleine fuhr ihn. »Heute fahren Kinder Traktor«, dachte sie und als er den Motor abgestellt hatte, wollte sie ihm rufen. Da fiel ihr einfach nicht ein, wie er hieß, nicht um die Welt. Er warf leere Kisten auf den Wagen. »Er macht genau dieselben Bewegungen wie sein Vater«, dachte sie und schrie: »Wilhelm, Wilhelm!« Doch so hieß der Kleine nicht, er hörte den Ruf nicht, machte wieder den schrecklichen Lärm und fuhr weg. »Warum fiel mir denn sein Name nicht ein? Anni gab den Kindern auch so komische Namen, beim Jüngsten habe ich gar nicht gewußt, daß dies ein Name ist.« Darüber weinte Helene und verlor zum ersten Mal die Besinnung. Sie kam bald wieder zu sich. Eine Schlange kroch auf sie zu, gegen ihre Beine. Sie wußte, daß dies die Kälte war. Sie hatte nun ihre Füße erreicht. Sie kroch langsam hoch, die Kälteschlange. In ihrer Hüfte wühlte der Schmerz, und Helene fürchtete sich furchtbar davor, daß nun Schmerz und Kälte zusammentreffen würden. Dann war es nicht einmal so schlimm. Die Kälte war stärker, der Schmerz war weg. Die Schlange kroch aber höher, es schüttelte sie, und da verlor sie zum zweiten Mal das Bewußtsein. Als sie wieder zu sich kam, hörte sie Autogeräusch. Es war ganz nahe, nur durch die Wand von ihr getrennt. Sobald der Motor abgestellt war, fing sie an zu schreien: »Anni!« Dieser

Name war auch schlecht zu rufen; es kam Helene vor, als ob sie nur »i« schreie, und dies stach wieder in die Hüfte. Da schlug die Garagentür zu. Helene verlor erneut die Besinnung.

Dann kam sie noch einmal zu sich. Es war schon dunkel. Aber jetzt war es warm. Sie wußte sofort, woher die Wärme kam: das beleuchtete Küchenfenster strahlte sie aus. Am Fenster ging der Kleine hin und her. Claudia hatte ihr erzählt, er helfe gerne in der Küche. »Er wird das Nachtessen herrichten.« Plötzlich fiel ihr sein Name ein. Sie rief ihn: »Adrian!« Das ließ sich gut rufen und tat nirgends weh. Immerzu rief sie nun diesen Namen. Zuletzt kam es ihr vor, als singe sie ihn, und ihre Stimme erschien ihr fein und wunderschön. Daß Adrian sie hörte, erwartete sie nicht. Trotzdem sang sie seinen Namen, bis sie wieder bewußtlos wurde.

Claudia fuhr heim. Sie fror an die Finger beim Radfahren und dachte an das Auto, das für sie in der Scheune stand. Nur noch den Führerschein mußte sie machen und achtzehn sein, was nur noch ein paar Wochen dauerte. Dieser Gedanke besserte ihre schlechte Laune etwas. Die Lernerei in der Fahrschule haßte sie. Sonst lernte sie gerne und leicht, doch dies war fast unerträglich. »Und morgen diese Klassenarbeit, von der für das Abitur so viel abhängt, bis Mitternacht werde ich noch arbeiten müssen!« So bedauerte sie sich selbst, als sie auf das Haus zufuhr. »Helene hat kein Licht mehr an, sie ist heute früh ins Bett gegangen«, dachte sie. Anni lief sofort in die Küche und kam mit gutem Essen für Claudia zurück. »Hast du Helene Holz gebracht?« »Ach, ich habe es hergerichtet und doch vergessen.« »So kalt ist es noch nicht«, bruttelte Wilhelm, von der Zeitung aufblickend. »Ich habe es doch extra gesagt, in der Schule haben wir schon geheizt.« Claudia aß, holte dann die Schultasche und fing an zu lernen. Wilhelm blätterte die Zeitung um. Da sah Claudia eine riesige Todesanzeige, irgendein Industrieller der Gegend war gestorben. Als Wilhelm die Zeitung weglegte, sagte Claudia zu ihren Brüdern: »Wer holt mir Holz aus dem Schopf? Ich stelle es Helene noch vor die Tür mitsamt der Zeitung.« Hartmut und Markus aßen Nüsse. Anni sagte: »Ich mach' das morgen früh, du mußt doch für die Klassenarbeit lernen.« Da stand der Kleine, der auch Hausaufgaben machte, wie in Trance auf. Als er an der Tür war, kehrte er zurück, um den Schreibstift hinzulegen. Im Nu war er wieder da und sagte: »Es steht an der Hintertür.« »Das ging aber schnell, danke«, sagte Claudia und nickte dem kleinen Bruder zu. »Ich habe ja gesagt, daß ich es hergerichtet habe«, sagte Anni, und die beiden Nußknacker grinsten.

Claudia machte das Hoflicht an, und als sie in der Nähe der Treppe war, sah sie den dunklen Haufen. »Tante Helene!« Sie griff nach deren Gesicht und zuckte zurück. Sie hatte etwas Kaltes, Hartes erwartet, und nun war es weich und heiß. Claudia rannte ans Telefon. Am nächsten Tag durfte Helene niemand besuchen, sie habe eine schwere Lungenentzündung. Gerade als Claudia am anderen Tag in aller Frühe, bevor sie wegradeln wollte, zu ihrer Mutter sagte: »Heut' laß ich mich nicht abweisen, ich will ihr auch sagen, daß es mir bei der Klassenarbeit gut ging«, läutete das Telefon. Helene sei in den frühen Morgenstunden gestorben.

Wenn so etwas passiert, will jeder sagen, wann er die Verstorbene zuletzt gesprochen oder gesehen hat. So sagte Steiners Nachbar: »Ich war auf dem hohen Apfelbaum, es muß so um zwei Uhr gewesen sein, da sah ich Helä, wie sie zuerst an der hinteren, dann an der vorderen Tür gerüttelt hat.« »Und ich sah sie vom Feldweg kommen, dann hinkte sie auf uns zu. Ich dachte noch, sie will mich fragen, wer der Nächststerbende sein werde, da kehrte sie wieder um«, wußte seine Frau und meinte, es müsse um drei Uhr gewesen sein. Anni gestand Wilhelm, Helene müsse das Holz selbst eingefüllt haben. Aber um welche Zeit, könne sie sich nicht denken. Der kleine Adrian schluchzte: »Um vier Uhr etwa habe ich die leeren Kisten geholt, ich hätte sie doch gesehen oder jammern hören. Sie ist erst am Abend heruntergefallen.« »Ich bin ja auch am hellen Tag heimgekommen, ich hätte sie bestimmt gesehen«, sagte Anni. Auch die großen Buben lamentierten; es sei noch nicht dunkel gewesen, als sie den

Traktor versorgten. »Ich ging sowieso durch den Stall herein, ich konnte sie nicht sehen. Aber jetzt ist das doch gleich«, sagte Wilhelm.

Claudia ging ins Krankenhaus. »Nein, ich war nicht bei Helene, sie war ja meist bewußtlos«, meinte die Stationsschwester. »Ah, Schwester Hedi, Sie hatten doch Nachtwache, hier ist jemand, der wissen will, ob Fräulein Steiner Schmerzen gehabt hat.« Schwester Hedi, ein elegantes Mädchen, tat zuerst, als ob es sich besinnen müßte, so, als wären in ihrer Nachtwache viele gestorben. Als aber die Oberschwester weg war, erzählte sie von Helene, daß sie wahrscheinlich keine Schmerzen gehabt habe, sie sei immer wieder zu sich gekommen und habe gesprochen. Schon am Mittag sei sie die Treppe hinaufgefallen. Sie habe ganz arg gefroren. Gar niemand hätte sie gehört. Allen habe sie gerufen. Vom Kleinsten habe sie zuerst den Namen nicht mehr gewußt. »Und immer wieder fragte sie, wer sie gehört habe. Beim Sterben war ich nicht dabei, aber kommen Sie mit, oder warten Sie, ich weiß wer dabei war.« Die Schwester kam mit einem freundlichen jungen Mann zurück. »Nein, sie hat keine Schmerzen gehabt, sie hat sogar gesungen, bis fast zuletzt«, sagte er. »Gesungen? Tante Helene hat nie gesungen. Was für ein Lied?« »Sie hat immerzu ›Adrian‹ gesungen, ganz leise und fein.« Im Moment durchfuhr Claudia Eifersucht, weil Helene nicht ihren Namen gesungen hatte, doch dann war sie plötzlich froh.

Als sie heimkam, saß man beim Kaffee. Zu einer Unzeit. Sie taten, als ob es ein Fest zu feiern gäbe. Anni hatte vieles zu besorgen gehabt, zum Schluß kaufte sie Kuchen. »Wo ist Adrian?« fragte Claudia. »Der ist schlechter Laune«, sagte Markus. Sie suchte ihn und fand ihn endlich. Er strich im Holzschopf eine Wand an, mit brauner Ölfarbe. »Komm, Adrian, sie trinken Kaffee; es ist Streuselkuchen dabei, den magst du doch.« »Nein.« »Und nachher müssen wir die Todesanzeige schreiben, da mußt du mir helfen.« »Nein.« Darauf erzählte ihm Claudia von Helenes Singsang. Da schaute Adrian erstaunt und ging mit zu Kaffee und Kuchen. Nachher steckten die beiden die Köpfe zusammen und setzten eine Todesanzeige auf, die Helene bestimmt gefallen hätte: »Gott dem Allmächtigen hat es gefallen, unsere liebe, herzensgute Schwester, Schwägerin und Tante, Helene Steiner, nach einem arbeitsreichen Leben, für uns alle viel zu früh zu sich zu rufen. In großer Trauer: Wilhelm Steiner mit Frau Anni, Claudia, Hartmut, Markus, Adrian.«

Nach Helenes Beerdigung gingen zwei alte Männer miteinander den Kirchberg herunter; der eine sagte: »Jetzt hat man diese Woche zwei alte Jungfern begraben.« Nach einer Weile meinte der andere: »Die Babette war alt, die Helene aber kaum fünfzig.« »Sie hat doch ausgesehen wie siebzig. Und ob es Jungfern waren, weiß man nicht«, kicherte er dann. »An der Helä wird sich keiner vergriffen haben.« »Von der Babett erzählte man allerhand, da war ich aber noch ein Schulbub.« »Eine schöne Todesanzeige hat die Helene gehabt, das haben sicher die Jungen aufgesetzt.« »Steiners haben eine ganz gescheite Tochter.«

Klara

Klara war kein Bauernmädchen, doch sie lebte zwischen ihnen wie eine Perle zwischen Steinen oder wie eine Pappel im Obstgarten. Sie kam ins Dorf wie viele fremde Kinder aus Pirmasens, Düsseldorf, Stuttgart, dem Banat oder auch nur aus Friedrichshafen. Alle verschwanden sie in den Nachkriegsjahren wieder. Klara blieb; das war das eine Besondere an ihr, ihre auffallende Schönheit war das andere. Sie war größer als die Kinder ihres Alters, hatte blonde Haare und dazu dunkelbraune Augen mit schön geschwungenen Augenbrauen. Das sah ganz besonders hübsch aus, dazuhin war sie trotz schlechter Zeit immer besonders schön angezogen. Wegen all diesem huldigten ihr die Mitschüler, auch der Lehrer, eigentlich alle Dorfbewohner. Es gab noch weiteres, um dessentwegen Klara von Beginn an umworben wurde. Man wußte, daß sie und ihre Mutter reich waren, aber worin der Reichtum bestand, war nicht klar, noch dazu war er in jener Zeit fragwürdig, bei ihnen beiden erst recht, denn der reiche Mann im Norden wollte die beiden gar nicht mehr an ihm teilhaben lassen. Es mußte ein rechter Luftikus gewesen sein.

Die Frau fuhr immer wieder »hinauf«, so sagte man, denn jene Stadt liegt auf der Landkarte ganz oben, um sich mit Rechtsanwälten und Verwandten zu beraten. Klara nahm sie nie mit, es sei unerfreulich für das Kind. Sie ließ es in der Obhut des Dorfes zurück. Die Bäuerin, bei der sie wohnten, und alle verwöhnten Klara dann besonders. Jedesmal kam die Frau verärgert zurück. Sie tat dann Klara noch mehr schön. Klara und ihre Mutter hatten aber großes Glück.

Es war schon die Zeit, in der reiche Männer Autos zum Rasen hatten; jener raste mit seiner Geliebten an einen Baum, und nun waren die beiden wirklich reich. Der Anwalt riet, etwas von dem Geld in Wohnungen anzulegen. So gehörten bald etliche Häuserblocks ihnen. Sie selber wollten aber in dem ihnen zur Heimat gewordenen Dorf bleiben. Sie kauften von einem Bauern ein großes Grundstück, auf dem zwei Häuser, die sich genau glichen, errichtet wurden. Das von ihnen bewohnte richteten sie mit norddeutschen Möbeln ein. Das andere vermieteten sie an jemanden, der beide Gärten, Keller, Vorplatz und solche Dinge versorgte. Klara hatte dazu keine Zeit. In der ungewissen Zeit nach dem Krieg besuchte sie eine Handelsschule, jetzt hatte sie eine verantwortungsvolle Stellung auf einem Amt in der Stadt. »Ein ordentlicher Beruf ist die beste Kapitalanlage«, sagte Klara und warf dabei ihren Kopf hoch. Das tat sie öfters, obwohl sie dies nicht nötig gehabt hätte, denn sie war so schon besonders groß. Es war eben so eine Gewohnheit von ihr. Sie klimperte mit goldenen Armbändern auf dem Vorzimmertisch des Chefs jenes hohen Amtes. Diese Stellung hatte sie in kürzester Zeit nicht nur wegen ihres guten Aussehens oder ihrer geschmackvollen, schönen Kleidung erreicht, sondern auch wegen ihres sicheren und gewandten Auftretens, besonders aber wegen ihrer tadellosen Sprache. Sie war nämlich Klaras nächste Besonderheit: Obwohl sie schon als Kind in dieser Gegend aufgewachsen war, hatte sie nicht das Geringste vom Dialekt angenommen. Wegen all dieser Dinge wurde sie von allen Fräuleins und Herren des Amtes bewundert. Man huldigte ihr, bis auf eine Ausnahme. Eine Susi, Sekretärin beim zweiten Chef und mit diesem im selben Zimmer sitzend, sagte: »Es ist komisch, ich stelle mir die Klara immer vor, wie sie mit fünfundvierzig aussieht: Ein großer Kleiderkasten, ihre geraden Beine als hohe Pfosten.« Alle, auch ihr Chef, tadelten Susi dann immer.

Klaras Mutter konnte nicht das Geringste im Garten machen. Mit dem Reichtum kam nämlich die Krankheit. Im Dorf selbst war kein Arzt, es mußte der vom großen Nachbarort geholt werden. Er sagte, man solle es der Frau nicht sagen, es könne höchstens noch ein halbes Jahr dauern. Klaras Mutter wußte das selber. Ihr einziger Wunsch war noch, Klara verheiratet zu sehen. Es bahnte sich an. Der Arzt war ein lediger Herr. Die Kranke lebte einige Monate länger als der Arzt meinte, und feierte Klaras Verlobung mit ihm noch mit. Der Doktor war ein guter und netter Mann. Im Gesicht hatte er zwar eine Verwundung aus dem Krieg, die wie ein Schmiß aussah, er war aber trotzdem begehrenswert. Das ganze Dorf freute sich für Klara. Mit ihrer Mutter wurde es noch schlimm, so, wie es bei dieser Krankheit werden kann. Das ganze Dorf litt mit Klara. Nun besaß diese noch eine besondere Eigenart: häufig war sie zu Tränen gerührt, eine Träne aber hat nie ein Mensch bei ihr gesehen. Immer, bevor sie kommen sollte, faßte sich Klara. Als die Mutter elend dran war und schließlich starb, war es so. Ein gutes Jahr lang fuhr Klara danach mit ihrem Bräutigam ins Konzert, nach Lindau ins Theater oder in ein gutes Restaurant. Immer war sie schön und sehr passend angezogen. Die Leute drehten die Köpfe nach dem bekannten Paar.

Der Doktor war einige Zeit begeistert und angetan von Klaras Ehrbarkeit. Er durfte wohl ihre Wangen streicheln und sie dorthin küssen, wollte er aber seine Hände dazu benützen, wurde sie abweisend und sagte streng: »Denken wir doch an die Mutter.« An einem Abend, sie waren in einem Konzert gewesen und hatten ausgemacht, bei Klara noch Tee zu trinken, ging sie sich schnell umziehen. Das war eine weitere Besonderheit Klaras: sobald sie heimkam, zog sie sich um, war es auch noch so spät und unnötig. Der Doktor ging, die Hände auf dem Rücken, im Wohnzimmer auf und ab. Da kam sie in einem

reizenden Hauskleid. Er steckte die Hände in die Hosenta-
schen und sagte: »Hübsch«. Er küßte sie, ohne sie mit
den Händen zu berühren. »Tee«, sagte sie darauf. Dieser
Tee war ihr wichtig. Sie bekam nämlich immer wieder
eine Sendung davon von einem Onkel aus Norddeutschland, der sich für das verlassene Kind seiner Schwester
irgendwie in Schuld fühlte. Er hatte einen großen Tee-
und Delikatessenhandel und schickte so oftmals guten
Tee samt Kandiszucker und Rum. Klara war stolz auf die
Zuwendung aus Norddeutschland und wollte sich ihr
jetzt widmen. Da packte der Doktor sie plötzlich an den
Oberarmen: »Hast du jetzt endlich gekündigt?« »Ich bin
doch nicht meschugge, so eine Stellung.« »Meine Frau
braucht keine Stellung.« »Wollen wir nicht vorerst gute
Freunde bleiben?« Da wurde der Doktor ernst. »Nein,
Klara, ich will jetzt eine Familie, ich bin nicht mehr so
jung.« Seine Narbe im Gesicht wurde rot, es sah nicht
schön aus, und der Griff an den Armen war hart. Sie taten Klara fast weh. »Aber ich bin jung«, sagte sie. Weil
sie den Griff nicht leiden konnte, stieß sie ihn weg. Sie
war kräftig, und er nicht darauf gefaßt. Er taumelte an
die Wand. Bleich und mit noch röterer Narbe stieß er
hervor: »Wenn das so ist«, streifte den Verlobungsring ab
und legte ihn auf den Tisch. Klara glaubte es eine volle
Woche nicht und wartete auf eine Einladung.

Auf dem Weg zur Kirche sprach sie dann mit der
größten Schwatzbase. Klara war nämlich immer freund-

lich, sie redete mit jedermann. »Ihnen kann ich es ja anvertrauen, ich kann mich einfach noch keinem Mann hingeben. Immerzu müßte ich dabei an die Mutter denken.« Klara war dabei den Tränen ganz nahe. Das Bäschen weinte richtig. So achteten die Leute Klara noch viel mehr. Wegen einer längst gestorbenen Mutter eine solche Partie auslassen, das war man nicht gewohnt.

Jene Susi mußte alle Hoffnung fahren lassen. Herr Maier-Gauda, so hieß ihr Chef dummerweise, entbrannte für Klara, da nun der Verlobungsring an ihrem Finger fehlte. Verehrt hatte er sie schon lange. Er lebte bei seiner Mutter, die längst froh gewesen wäre, wenn sie ihn losgehabt hätte. Das Herrichten der Hemden und Anzüge, denn er mußte stets korrekt angezogen sein, machte der alten Frau viel Arbeit. Und nun diese Schwiegertochter in Aussicht! Jeden Tag wollte die Frau vom Sohn Auskunft über ihre Schönheit, Tüchtigkeit und ihren Reichtum. Herr Maier-Gauda stellte sie nämlich überall in Aussicht. Zu Susi sagte er: »Mit Fräulein Schmitz kann man Pferde stehlen.« Er ging zwar nicht zu diesem Zweck mit Klara aus, sie gingen Skifahren. Dies war damals bei den besseren Leuten gerade in Mode gekommen. Er betrieb es schon etliche Winter und war für Klara ein guter Skilehrer, obwohl sie auch noch einen richtigen hatte. Beide waren gleichermaßen um die reizende Schülerin bemüht. Klara war unsportlich; es dauerte unendlich lange, bis er ihr schließlich eine Liftkarte für den kleinen Hang kaufen konnte. Trotzdem mußte er ihr immer wieder auf die Beine helfen. Auf dem Heimweg kehrten sie in Dornbirn und Bregenz ein. Beim Viertele wollte Maier-Gauda ihr einmal das »Du« anbieten, Klara war aber dagegen. »Nicht jeder braucht es zu wissen.« Es blieb bei Fräulein Klara und Herr Egon. Susi lästerte deswegen bei allen Mitarbeitern. Sie finde das blödsinnig. »Ich kann es nicht ausstehen, wenn zu mir jemand ›Susi‹ und ›Sie‹ sagt; entweder heiße ich ›Fräulein Paul‹ oder ›Susi‹ und ›Du‹.« So oder ähnlich ließ sie sich in allen Räumen über dieses Problem aus.

Den ganzen Winter fuhren sie an viele bekannte Skiorte. Wenn sie miteinander die kleinen Hänge hinunterfuhren, schaute er sehnsuchtsvoll nach den großen. Ein paarmal brach er aus. Klara war dann nicht etwa mißmutig, aber sie hielt ihn darauf kurz. Statt Wein trank sie nur Mineralwasser, und statt Rostbraten durfte er lediglich Bratwürste bezahlen.

Es ging schon dem Frühjahr zu. Herr Egon mußte weit fahren, um den rechten Schnee vorzufinden. Wieder einmal ließ er Klara am kleinen Buckel im Stich. Das bereute er dann schwer, denn als er zur Talstation kam, lag da sein schönes Mädchen mit verbundenem Fuß auf einer Trage, von Sanitätern umringt. Der Knöchel sei nur verstaucht; anderntags sollte sie zum Hausarzt. Viele Hände betteten Klara auf den Rücksitz von Herrn Maier-

Gaudas Auto. Obwohl von Einkehren keine Rede sein konnte, mußte er im ersten deutschen Ort anhalten. Den Arzt mußte er anrufen, ihren ehemaligen Verlobten, er solle bis 20 Uhr in ihrer Wohnung sein. Herr Egon hatte Bedenken. Man sollte sich erkundigen, welcher Arzt Sonntagsdienst habe. Ob es ihr nicht peinlich sei? »Ich habe ihm nichts gestohlen.« Im Liegen reckte Klara den Kopf höher. Der Doktor lehnte unfreundlich ab: Er habe keinen Dienst. Wenn der Fuß nicht gebrochen sei, reiche es auch noch am nächsten Tag. Klara wurde durch diese Abfuhr ein bißchen zahm. Egon durfte sie lupfen und stützen, die Treppe hochschleppen, sogar ausziehen helfen und ins Bett legen. Durch den Anblick ihres schönen Rückens und die enge Berührung wurde er angeregt und wagte, oder besser: versuchte er es wenigstens, sie zu küssen. Da schlug sie ihn aber ins Gesicht, überkreuz mit dem Handrücken auf beide Wangen, allerdings nicht gerade fest.

Er war am darauffolgenden Tag sehr bedrückt, auch am Dienstag sprach er kaum. Susi tröstete: Wegen eines verstauchten Knöchels sterbe man selten. Erst am Mittwoch wagte er Klara zu besuchen. Oh, sie war freundlich! Sie saß schon wieder auf dem Sofa. »Herr Egon, kaufen Sie mir dies und das ein, leeren Sie die Asche.« Sie wußte noch so manches. Als es nichts mehr zu tun gab, setzte er sich neben sie: »Fräulein Klara, verzeihen Sie mir wegen Sonntag? Ich hätte ihre Situation nicht ausnützen dürfen.« Da lachte Klara. »Da seien Sie mal ohne Sorge, mein Jungchen, ich lasse mich schon nicht ausnützen.« Und ganz plötzlich und ganz klar fiel es da Herrn Maier-Gauda wie Schuppen von den Augen. Susi fiel ihm ein mit ihrem Kleiderschrank. Er fing unbändig an zu lachen. »Und dabei ist der Kasten leer, ganz leer«, wiederholte er, »vollständig leer.« Dann lief er schnell, ohne Gruß, hinaus. Klara schimpfte: »Der spinnt heute, das Licht im Flur läßt er brennen, und ich kann es ausmachen, ich mit meinem Fuß.« Sie schimpfte mehr als eine Woche, weil er nicht helfen kam, auch den ganzen Vormittag, als sie wieder im Geschäft war, beklagte sie sich, daß er trotz wichtiger Dinge nicht ins Vorzimmer komme. Kurz vor zwölf Uhr ging sie in sein Büro. »Geht es wieder?« fragte er anstandshalber. »Toi, toi, toi«, sagte sie. Obwohl es eine Woche vor Ostern war, schneite es. »Am kleinen Bergchen wird es wieder gehen«, sagte Klara und zeigte dabei auf ihren Fuß. Alle, die es hörten, wunderten sich über Susis Mut, denn sie sagte: »Denken Sie, Fräulein Schmitz, ich habe mir über Ostern im selben Hotel wie Egon ein Zimmer bestellt. Ich kann nämlich am großen Buckel fahren.«

Diesmal wartete Klara nur die Karwoche. Am Karsamstag war sie im Kaufladen. Eine Frau mit drei Kindern war gerade darin, begehrlich die Äpfel zu betrachten. Die Frau überwand sich trotz des Preises und kaufte drei Kilo. Da sah sie einen angefaulten und sagte es. Recht

unwillig nahm ihn die Frau Wiggenhauser heraus und ließ
zur Strafe die Waage nur schwach anschlagen. »Geben Sie
mir auch ein Pfund von den schönen Äpfelchen«, sagte
Klara. Somit waren die Äpfel geadelt, und Klara bekam,
gut gewogen, die schönsten. »Geht es über die Feiertage
zum Sport?« Klara schnupfte: »Sobald ich spüre, ich werde ausgenützt, ist bei mir Schluß.« Frau Wiggenhauser
begriff sofort. »Da müssen gerade Sie auf der Hut sein.«
Klaras Hut hüpfte vom Ruck. »Da behüte mich Gott vor,
mich wegen meines Geldes nehmen zu lassen.« Und so
kam Klara in den noch viel besseren Ruf, daß ihr Liebe
vor Geld gehe.

Der Osterurlaub wurde trotzdem schön für Klara. Sie
gab sich mit ihrer Wohnung ab. Die alten Möbel, so no-
bel sie waren, dünkten sie zu winterlich, und so ging sie
zum Schreiner. Ganz in ihrer Nähe war einer. Er hatte
eine schöne Werkstatt mit großen Fenstern. Als Klara da
in der Morgensonne stand, erschrak der Schreiner, so
schön war sie mit den von der Sonne beschienenen Haaren.
»Nun kenne ich sie schon so lange und habe das noch
nicht bemerkt«, dachte er. Klara wollte neue Möbel für
ihr Wohnzimmer, helle, moderne.

Nun war dies ein ganz besonderer Schreiner. Er stand
an der Schwelle zum ewigen Junggesellendasein. Bisher
wollte er sein Leben nicht mit einer Frau belasten. Seine
Schwester hatte unglücklich geheiratet und versorgte ihn
als geschiedene Frau, darum war er nicht auf ein Weib an-

gewiesen. Er verzichtete außerdem noch auf manches. Die Schreinerei hatte er von seinem Vater übernommen, der sich hauptsächlich auf Särge spezialisiert hatte und damit die ganze Gegend versorgte. Wahrscheinlich blieb dem Sohn davon ein gutes Gefühl für Nichtiges und Wichtiges. In dieser Zeit, in der alles wie wild baute, hätte er aus seiner Schreinerei längst ein rentables Geschäft machen können. Er arbeitete allein und machte nur schöne Dinge, für die er sich Zeit ließ. Solche Meisterstunden und Meisterstücke waren natürlich teuer, nur reiche Leute konnten es sich leisten, bei ihm etwas zu bestellen. Die meisten Leute im Dorf hatten andere Schreiner oder kauften fertige Möbel. Trotzdem war der Schreiner ein beliebter und geachteter Mann. Auch wenn er einer anderen Partei angehörte als die meisten, war er im Gemeinderat und die rechte Hand des Bürgermeisters. Wer ein Anliegen hatte, ging zuerst zu ihm, denn man wußte, daß er den Hobel weglegen, zuhören und Belange vertreten konnte. Abends saß er in der Dorfwirtschaft mit dem Bürgermeister, dem Lehrer, mit allen, die nicht lärmten und lästerten, zusammen. Hatte er dann noch Zeit, las er.

Er saß nun oft abends bei Klara. Er trank gerne Tee. Wegen der Möbel mußte er Klara ausführlich beraten. Dabei wunderte er sich, wie sie in Kleiderdingen so trefflich entschied, für Gegenstände aber keinerlei Gespür hatte. Er machte also im Laufe des Sommers ein sehr schönes Wohnzimmer, und ihren Hausflur gestaltete und täferte er neu. Im Herbst, als alles stand, stand auch fest, daß sie im Mai heiraten wollten. Die Leute freuten sich wieder, besonders für den Schreiner.

Es tauchten natürlich Probleme auf. So sagte Klara, sie werde niemals in die Schreinerei ziehen, zudem sei sie für getrennte Schlafzimmer. Der Schreiner war es gewohnt, Probleme vernünftig zu lösen. Er entwarf und schreinerte ein Zimmer und baute es im Laufe des Winters im Sterbezimmer von Klaras Mutter ein, so nannte sie es immer noch. Wenn er abends beim Tee in seinem Buch gelesen hatte, ließ er es in ihrem Bücherregal stehen. »Lies' dies auch«, sagte er manchmal. Fragte er später danach, sagte sie, es sei unheimlich gut; wollte er wissen, wie ihr diese Person oder jene Ansicht gefalle, wich sie geschickt aus. Dann konnte er sie zweifelnd anschauen, doch sonst gefiel ihm die klare Klara. Er hatte gemeint, alle Mädchen würden kichern und forderten Küsse und noch weiteres. Er bat sie, Autofahren zu lernen, für eine Geschäftsfrau sei dies notwendig. »Als ob ich das sollte, ich bin mir nicht zu gut, mit dem Omnibus zu fahren.« Dann konnte der Schreiner sie traurig ansehen. Allmählich gefiel ihm nicht mehr, wie sie seinen Namen aussprach. Von den anderen wurde er »Andon« gerufen, bei ihr klang es »Anntoon.«

Im ausgehenden Winter begann für den Schreiner eine schlechte Zeit. Zuerst hatte er Ärger mit einem Kunden, er mußte sogar um sein Geld klagen. Das war ihm zutiefst zuwider. Doch war es notwendig, denn durch

die Arbeiten in Klaras Haus waren seine Geschäftsver-
hältnisse unsicher geworden, und manchmal erwischte er
sich dabei, wie er Klaras Miet- und Zinseinnahmen zu-
sammenzählte. Dann war er sich selbst zuwider. In einer
Gemeinderatssitzung hatte er eine Auseinandersetzung
mit seinem Freund, dem Bürgermeister. Der Schreiner
wußte, daß er die Sache richtig sah, er wollte sie als Sache
behandelt und geregelt sehen. Der Bürgermeister machte
eine parteiliche und eine persönliche Geschichte daraus.
Es ging nicht um die Person des Schreiners, aber sein
Ärger war groß genug, um am andern Tag an einer Ma-
schine nicht aufzupassen. Seine linke Hand wurde schwer
verletzt. Bei der nächsten Sitzung war dann der Streit
widerlich. Wahlen standen bevor, alle waren aufgeregt.
»Du mit deiner reichen Braut«, mußte er hören, und der
Schreiner gab bekannt, daß er nicht mehr mitmache. Als
er nachher am Wirtshaus vorbeiging, krampfte sich in ihm
etwas zusammen, und als er zu Klara kam, war ihm elend
zumute. »Trinken wir erst mal Tee. Was gehen dich denn
diese Leute an. Du wirst bestimmt wieder gewählt.« Nun
schrie er sie beinahe an: »Ich kann doch nicht gewählt
werden, wenn ich mich nicht mehr zur Wahl stelle.« Jetzt
wurde Klara ein bißchen besänftigend: »Jeder Mensch
hat nun mal eine Pechsträhne. Warte, ich habe eine neue
Schallplatte, hören wir Musik.« Es war eine schwere, an-
spruchsvolle Musik. Plötzlich tat dem Schreiner die Hand
unerträglich weh. Während er anfing, die Binde zu lösen,

bruttelte er: »Gertrud hat sie wieder viel zu fest gebunden.« »Laß das, ich kann so etwas nicht sehen!« Da stand der Schreiner auf, warf Klara einen bösen Blick zu und holte Bücher aus dem Schrank: dicke, dünne, vier, sechs und mehr stapelte er auf seinen kranken Arm und schickte sich an zu gehen. Sie sagte: »Warte doch, die Platte ist ja noch nicht zu Ende.«

Dies war am Montag, am Freitag rief Klara in der Mittagszeit beim Schreiner an: »Ich habe Konzertkarten besorgt, die Garderobe habe ich dabei, hole mich um sieben im Geschäft ab.« »Aha, sie will es gut machen«, dachte der Schreiner und war fast froh darüber. Sie sah wieder wunderschön aus. Als die Leute ihr so bewundernd nachschauten, dachte er: »Du wärst ja verrückt gewesen.« Aber nach dem Konzert sagte sie: »Nun habe ich einen Bärenhunger«, strebte ins gute Hotel und bestellte ein teures Menü. Er haßte es, nur um satt zu werden eine Unsumme Geld auszugeben. Dies hatte er ihr schon oft gesagt. In der Toilette zählte er sein Geld, denn sie hatte die Konzertkarten nicht besorgt, nur bestellt. Stillschweigend trank er sein Bier, auch während der Heimfahrt sprach er kein Wort, sie indes trällerte eine Melodie. Umständlich und sorgfältig holte sie ihre Kleider vom Rücksitz. »Trinken wir noch Tee – also, dann tschüü-üß.« Der Schreiner hatte nämlich statt einer Antwort Gas gegeben. Das ganze Wochenende schrieb er an der Rechnung für die Möbel. Mit ihr rannte Klara dann zornig in die Häuser weinte beinahe und warf den Kopf hoch. Sogar zu einem Rechtsanwalt ging sie, doch dieser sah keine Verjährung gegeben, alles ordentlich geliefert und ausgerechnet. Der Schreiner beachtete Klara nun wieder so wenig wie vor alledem. Diesmal stieg die Achtung für Klara nicht höher, manche lachten sogar über sie.

Lange brauchte Klara nie ohne Verehrer zu sein. Sie fiel sofort einem jungen Mann auf, der neu in die Gemeinde kam. Er hätte an jedem Finger zehn haben können, doch im Nu erwählte er Klara, und sie machte im Hui mit. Es war da ein großer Hof, einer der größten in der Gegend. Die Besitzer hatten nur eine behinderte Tochter. Den Verstand hatte sie zwar, mußte aber zeitlebens im Rollstuhl sitzen. Die Schwester des Bauern hatte einstmals in die Hauptstadt geheiratet. Einem ihrer Söhne hat sie den Namen des Bruders gegeben und ließ ihn nach dem Krieg in Anbetracht der Lage einige Semester in Hohenheim studieren.

Dieser Hermann war nun Klaras schönster Bewerber. Er war etliche Jahre jünger als sie. Auf dem Hof war man zufrieden mit seiner Wahl, denn eine Frau, die schmutzige Bauernarbeit tat, brauchte man hier nicht. Am glücklichsten war Hermanns Mutter. Mit solch einer Schwiegertochter konnte sie vor ihrer Sippe bestehen. Schon im Herbst wurde Verlobung gefeiert. Drei Autos voller Stuttgarter kamen vorgefahren. Hermann fuhr seine Braut immer wieder heim zum Umkleiden. Für den Abend hatte Klara ein sündhaft teures Dirndl gekauft. Lange Kleider standen Klara besonders gut, da waren auch ihre langweiligen Beine nicht zu sehen. Hermanns Verwandtschaft staunte. »So etwas auf dem Land« und »reizend«, flüsterten ihm immer wieder Brüder und Schwäger ins Ohr.

Klara wollte natürlich, daß auch er gut angezogen mit ihr ausgehe. Sie gingen einkaufen. »Das ist doch ein Altherrenanzug«, meinte er zu ihrem Vorschlag, doch als er hineinschlüpfte, sah er gut darin aus, wie ein bayerischer Graf. Einen Mantel mit Pelzkragen mußte er kaufen, und kurz vor Weihnachten zeigte sie ihm eine Pelzmütze. Er hatte gehofft, er bekomme sie von ihr zu Weihnachten geschenkt, doch war dies eine trügerische Hoffnung. Für Frauen waren gerade Hosen in Mode gekommen. Klara erstand sich als erste aus der Gegend eine, und dazu paßte, obwohl sie genügend Pelzmäntel hatte, nur eine Jacke. Sogar in Stuttgart auf der Königstraße drehten sich die Leute nach dem schönen Paar um und mutmaßten, es sei ein Gutsbesitzer mit einer Filmschauspielerin. Hätte es noch russische Fürsten mit ihren Mätressen gegeben, hätten sie sie für ein solches Paar gehalten. Jeden Sonntag, den ganzen Winter lang, fuhr Hermann mit Klara in alle umliegenden Städte.

Es war schon beinahe Frühling. Sie waren nur in Konstanz gewesen und fuhren gegen Abend auf der Fähre heimwärts. »Uh, diese schlechte Luft«, sagte Hermann, als sie den Gästeraum betraten. Es war gar nicht die Luft, sondern die Wärme und der Mief. Sein Kopfweh wurde schlimmer. Er war bedrückt, schon den ganzen Mittag hatte er an die morgige schwere Arbeit gedacht. Klara fing an zu summen: »Steigt ein Schifflein wohl in die Höh'«, dann sang sie laut, und alle Leute schauten sich nach ihr um. »Ja Höh', weil wir fahren auf dem Bodensee.« Klara war immer fröhlich, kein bißchen launisch, was ihren jeweiligen Liebhabern besonders gut gefiel. Es war eine eigenartige Lustigkeit, eine nur nach außen hin, und der Partner kam sich vor, als solle er damit belohnt werden. So trällerte sie einst eine Melodie, die sie gerade im Konzert gehört hatte, und schwärmte den fahrenden Doktor an, wie glücklich sie doch über die schöne Musik sei. Er meinte beinahe, er habe selber für sie musiziert. Oder sie rief: »Ach, Herr Egon, der Schnee und die Berge, was sind wir doch für Glückskinder«, und Maier-Gauda war stolz auf den vielen Schnee. Zum Schreiner sagte sie: »Wir können doch rundum zufrieden sein, so schön gemütlich wie wir es haben.« Dem Schreiner deuchte dann, er habe den Feierabend erfunden. Und als sie jetzt den Berg hinauffuhren und sie das Schloß und den See vor sich hatten, unterbrach sie den Gesang: »Was haben wir doch für eine schöne Heimat.« Da wurde Hermanns Laune etwas besser, denn das zwar blödsinnige, aber passende Lied hatte ihn vorher geärgert, sogar beschämt. Er streichelte ihre Wange, was sie gerne hatte, und sagte: »Wenn wir erst an Ostern in Venedig sind!« »Ist es um diese Zeit nicht zu kühl dort?« »Im Sommer werde ich keine Zeit haben zur Hochzeitsreise.« Er dachte wieder an die vielen Bäume, die anderntags geschnitten werden mußten. Sie sang nun die zweite Strophe. Er runzelte die Stirn. »Laß, ich habe Kopfweh, das Lied hat mir nie gefallen.« Doch Klara mußte es zu Ende singen, zuletzt lauthals: »Jubelt er vor lauter Freud', juhe, weil er's g'schossen hat am Bodensee.« Dann war Ruhe. Am Haus sagte sie: »Trinken wir noch Tee?« Obwohl Hermann keinen Tee trank, nannte sie es so. Er hatte bei ihr eine Flasche von einem Schnaps stehen. Davon wollte er noch ein Gläschen trinken. Klara war beim Umziehen. Er ging, er wußte selber nicht, warum, gerade jetzt zu ihr ins Schlafzimmer. Da stand sie im Unterrock und tat einen Schrei, als ob ein Verbrecher käme. So endete diese Liebe. Wenn jemand zugeschaut hätte, würde er an versuchte Notzucht gedacht haben. Es war ein wüstes Gerangel auf Klaras Bett. »Du bist ja ein Bulle, ich bin doch keine Kuh.« Damit ihr Geschrei niemand hörte, hielt er ihr den Mund zu. Sie biß, da ließ er von ihr ab. Die Pelzmütze ließ er auf dem Tisch im Wohnzimmer liegen. Am andern Morgen beim Frühstück sagte Hermann den Verwandten, daß es mit Klara aus sei. »Die ist frigid.« Sie ahnten, was es damit auf sich hatte. Der Bauer erholte sich zuerst von dem Schreck. »Dann hat es keinen Wert, du findest leicht eine richtige Frau«, und die Bäuerin: »Dann ist die Klara eher zu bedauern.« Roswitha im Rollstuhl kicherte. Jeden zweiten Abend war Hermann zu Klara gekommen. Als er am Donnerstag wieder nicht kam, ärgerte sie sich und rief vom Geschäft aus an. »Warum kommt er denn nicht? Außerdem hat er seine Pelzmütze vergessen.« Roswitha war am Telefon: »Er braucht sie nicht mehr, es wird ja Frühling«, gluckerte sie.

Das seltsame Wort geisterte durch das Dorf. Klara trug selber zur Aufklärung bei. Den Bullen ließ sie zwar weg, doch mit Kopfwerfen sagte sie, daß sie keine Kuh sei. Dabei war es nicht einmal so, wie Hermann sagte, es seiner Mutter schrieb und die Leute meinten. Klara badete, salbte, puderte und parfümierte ihren Körper auch vor dem Spiegel. Sie stellte sich sogar den jeweiligen Mann dabei vor. Das fehlte nicht. Es war viel schlimmer; für sie war es einfach unvorstellbar, daß jemand von ihrem schönen Körper Besitz ergriffe. Zum Schreiner hatte Klara des öfteren davon gesprochen, bei dem Gedanken, daß sie einmal von Würmern gefressen werde, müsse sie verrückt werden, daran könne sie nicht denken. »Laß dich halt verbrennen«, war seine Antwort. Wenn sie darauf »niemals« schrie, lachte er und sagte, mit ihr mache Gott bestimmt eine Ausnahme.

Es war sogar etwas noch Schlimmeres. Nicht nur ihren Körper konnte sie um keinen Preis hergeben, sie war überhaupt nur fähig zu nehmen. Und das war verwunderlich:

ihre Mitmenschen merkten dies nicht und die eng Betroffenen sehr spät.

Als Klara über dreißig war, sah sie immer noch schön aus. Ihre Schultern und Hüften wurden nur langsam breit, die Beine etwas schneller dick. Manchmal sagte jemand: »Die Klara kann ich mir gut vorstellen, wie sie mit fünfundfünfzig aussieht.« Sonst ereignete sich vorerst nichts mehr mit ihr. Sie fuhr mit dem Bus in ihr wichtiges Amt. Daheim pflegte sie sich, wandte viel Zeit für ihre Garderobe auf und zählte Goldmünzen und Goldbarren. Zu jedermann war sie freundlich, tat niemandem etwas zuleide. Dies betonte sie gern. Das stimmte auch. Nicht einmal reden tat sie über die Leute. Sie konnten ledige Kinder kriegen und mit verheirateten Frauen etwas haben, Klara sagte: »Wir sind alle nur Menschen.«

Manchen fiel auf, daß sie bettelte. Frau Wiggenhauser hatte zum Beispiel eine Schale Pralinen zur Anregung der Kauflust aufgestellt, dann sagte Klara wohl: »Ach, dürfte ich da so ein Leckerchen versuchen?«, und die Ladenfrau gab ihr bestimmt drei. Bei der Nachbarin, die im Garten arbeitete, blieb sie zu einem Schwätzchen stehen. »Oh, was haben sie für schöne Rosen, könnten sie mir ein Röschen geben, nur eines zum Riechen?« Sie bekam einen Strauß. Hatte sie ein bißchen viel eingekauft, hielt sie ein Schulkind an. »Du bist doch so lieb und trägst mir eben die Tasche.« Vor ihrem Haus sagte sie dann: »Du bist ein Schatz«, und das Kind rannte schnell weg. Oder sie holte Kaminfeger und Briefträger, um Möbel zu rücken und Vorhänge aufzuhängen. Einmal bat sie in der Kirche die Ordensschwester, die den Altar schmückte, um ein Zweigchen. »Aus dem Strauß gebe ich nichts«, sagte die Schwester aber unfreundlich. Klara war eine Weile beleidigt.

Im Zwillingshaus war wieder einmal Mieterwechsel. Der vorletzte Mieter hatte das Land zu sehr vergrasen lassen. Da nahm Klara ein junges Ehepaar. Sie waren fleißig, pflanzten Gemüse, Beeren, sogar Obstbäumchen. Dann kam aber bei den Leuten ein Kind nach dem andern, zu diesen dann Nachbarskinder. Wenn Klara zu Hause war, sah sie, wie es zuging. Nicht nur Bälle und Roller, sondern auch Fahrräder wurden an die Hauswand geworfen. Sie mußte wiederum kündigen. Den Bauern, von dem das Land gekauft war, bat sie, doch abends, am Feierabend, die Beerenstöcke zu entfernen und aus dem Krautacker wieder einen schönen Rasen mit Rosen zu machen. Der Bauer tat die schwere Arbeit ungern, denn er wußte nicht, wieviel er dafür verlangen konnte. Einige Male fragte er Nachbarn, die in der Fabrik arbeiteten, wieviel sie für Überstunden bekämen. Das war unnötig. Als er mit den Rechnungen für Grassamen, Torf und Rosenstöcke zu Klara kam, bezahlte sie dies nur unwillig und rundete den Betrag auf, weil er so lieb gewesen sei. Von Überstundenlohn zu reden verging ihm da.

Mit dem neuen Mieter hatte Klara großes Glück. Es war ein älteres Ehepaar; ein pensionierter Lehrer, der sein Haus in der Stadt der Tochter überlassen hatte. Es waren rüstige, gebildete Leute. Sie brachten ein Klavier und ein Auto mit. Fünf Jahre lang war es eine ganz große Freundschaft. Die Tochter in der Stadt wurde Klaras Freundin, und mit ihrem Mann hatte Klara wieder einen jungen Verehrer. Noch viel mehr wurde sie natürlich vom alten Lehrer, so hieß man ihn im Dorf, verehrt. Er war ein feiner, hübscher Mann; seine Frau war etwas derber, doch so lieb, etwas Bräveres ließ sich kaum vorstellen. Der Mann spielte Klavier, Klara sang dazu, die Frau deckte den Kaffeetisch mit ihrem guten, selbstgebackenen Kuchen: abends, samstags, sonntags. An den Sonntagen fuhren sie oft fort, um zu wandern, denn der Lehrer war ein großer Naturfreund. Manchmal gingen die Jungen mit, wenn nicht, sagte der Lehrer oder seine Frau, sie hätten ja nun in Klara eine neue Tochter. Oft war die Frau auch zu müde oder hatte viel zu tun. Dann fuhr und wanderte Klara mit ihm allein. Wer den beiden begegnete, rätselte, ob Klara wohl die junge Frau oder die schöne Tochter des Alten sei. Als sie einmal miteinander heimfuhren, gerieten sie in ein Autogetümmel, und der Lehrer sagte, daß er immer weniger gern fahre; auch würden seine Augen schlechter. Er bot Klara das Auto an; auch beim Führerscheinmachen wollte er gerne helfen. »Ich bin mir nicht zu gut, mit dem Bus zu fahren.« Als Klara dies sagte, fiel ihr ein, daß sie diese Antwort schon einmal gegeben hatte und warf den Kopf hoch. Der Lehrer schaute sie erstaunt an.

Im sechsten Jahr der Freundschaft mußte sich die Frau einer Operation unterziehen. Aus der Narkose wachte sie nicht mehr auf. Der Mann begriff den Verlust erst gar nicht. Er dachte: »Ich habe ja Klara.« Auch die Tochter sagte: »Du hast ja Klara.« Die Tochter mußte aber Klara bitten, doch den Vater zu besuchen. Sie weinte fast: »Ich bringe es nicht über mich, ich sehe sie hier überall vor mir.« Auch keinen Spaziergang konnte sie mehr mit ihm machen. Als die Einsamkeit den Mann fast erdrückte, entschloß er sich und ging hinüber. »Klara, sollen wir denn nicht in einem Haus wohnen?« »Was fällt Ihnen ein!« Er zuckte zusammen, sie hatten jahrelang »du« zueinander gesagt. Von nun an gingen sie sich gänzlich aus dem Weg. Innerhalb kurzer Zeit wurde dann aus dem netten Mann ein verwahrloster Greis. Die Tochter bekam rasch hintereinander zwei Kinder. Sie kam wohl und versorgte ihn und das Haus, aber dann sagte sie, so habe es keinen Sinn, und der Alte ließ sich willenlos in ein Altersheim bringen. An Feiertagen legte die Tochter Blumen auf das Grab ihrer Mutter. Wochenlang ging Klara dann an den verwelkten, häßlichen Blumen vorbei und warf den Kopf hoch. Sie mußte oft dort vorbeigehen, den je älter sie wurde, desto frömmer wurde sie.

Nun hatte Klara eines Frühlings wieder ein neues Kostüm gekauft. Diesmal eines aus einem ganz neuartigen Material. Es kostete über tausend Mark, war weder blau noch grau und stand ihr ausgezeichnet. Jedem, dem sie begegnete und der es hören wollte, sagte sie: »Nein, das ist kein Leder, das ist Alcantara.« Leise flüsterte sie dem ehrfürchtigen Zuhörer den Preis ins Ohr, laut sagte sie aber: »Hauptsache pflegeleicht.« Dabei schnippte sie ein Stäubchen vom Ärmel. »Denken Sie, man kann es in die Waschmaschine werfen.« Derjenige, der dies hören durfte, dachte wohl im Weitergehen: »Als ob Klara ein Kostüm so zurichtet, daß es in die Waschmaschine gehört.«

Am Sonntag war Klara in diesem Kostüm in der Kirche. Da hatte sie den Kopf hochzuwerfen. Ein Mädchen kam herein; es stellte sich sechs Bänke weiter vorne auf, denn es war viel jünger als Klara und hatte genau das gleiche Kostüm an. Schon beim Hereingehen hatte Pia das Malheur gesehen und wäre am liebsten umgekehrt. Nun stand sie mit gesenktem Kopf. Dazu hatte sie allen Grund, denn ihr stand das Kostüm nicht besonders. Pia war nicht gerade dick, doch etwas untersetzt, was durch dieses Material betont wurde; es sah ein bißchen brettig, abstehend aus. Als Pia heimkam, weinte sie, und ihre Mutter schalt grausig mit ihr: »Siehst du, ich war gleich gegen dieses neumodische Zeug. Der Klara paßt es. So viel Geld zum Fenster hinauswerfen.« Die Mutter wollte nicht aufhören zu schelten. Pia schluchzte, sie hätte es doch nur gewollt, weil es pflegeleicht sei.

Am nächsten Sonntag ging Pia nicht in die Kirche, und am übernächsten wieder in ihrem alten Blazer mit dunkelblauem Faltenrock. »Jetzt hat man das Kostüm doch umsonst gekauft«, schimpfte die Mutter nach der Kirche. »Klara hat jetzt einen passenden Hut und Schal dazu, genau in den Farben. Es sieht wunderbar aus.« Pia wurde nun zornig und schrie: »Ich weiß schon, Klaras Kostüm hat gewonnen.« Als sie aber sah, wie unglücklich die Mutter schaute, tröstete Pia sie. »Das Kostüm ist zu sportlich für die Kirche. Ich treffe mich heute mit Kurt, wir gehen zur IBO, da paßt es.« Das war wiederum nur ein halber Trost. »Hoffentlich weißt du langsam, was der Vater für eine Meinung von deinem Kurt hat«, sagte die Mutter.

»Oh, was hast du für ein schönes Kostüm!« sagte Kurt und strich Pia über den Ärmel und den Rücken. »Ist das Leder oder Samt? Die Farbe steht dir prima.« Er konnte sich kaum beruhigen. »War das teuer?« »Schrecklich teuer. Es ist ein neuer Kunststoff, der leicht zu reinigen ist.« Zuerst schauten sie Baumaschinen an. Kurt war bei einer Baufirma angestellt. Auf der IBO herrschte an diesem Sonntagmittag großes Gedränge. Sie wurden von einer Halle zur andern geschoben, zufällig auch auf einen Arbeitskollegen von Kurt und dessen junge Frau. Nun wurde es lustig. Sie bekamen vielerlei Proben in Tüten und Suppen und Wein zu trinken. Gegen Abend landeten sie an einem Bierstand. Kurt wurde ein bißchen arg lustig, er sagte zu Pia, den Heimweg müsse sie fahren. Dann biß er in die Wurst, und das Fett spritzte auf Pias Brust. Es sah schlimm aus. Sie rieben gemeinsam mit Taschentüchern, bestellten auch einen Klaren zum Reiben. Der Fleck wurde aber nur größer und häßlicher. Kurt weinte beinahe. Nur die Frau von Kurts Freund behielt die Fassung: »Es soll doch leicht zu reinigen sein.« Pia schlich heimlich ins Haus; gottlob, die Eltern sahen fern. In aller Frühe suchte sie im Schreibtisch. Pia machte für ihren Vater Büroarbeiten. Die Rechnung vom Kostüm fand sie schnell, aber wo war bloß die Waschanleitung! Sie mußte sie finden, bevor die Mutter um den Weg war! Pia hatte Glück. »Ich werde in Zukunft mehr Ordnung mit solchen Sachen halten«, dachte sie und schlich zur Waschküche.

Kurt stand im Hof beim Chef, der an diesem Montagmorgen unausführbare Dinge anordnete. Alle waren mißmutig. Kurt besonders. Erstens hatte er Kopfweh, zweitens schämte er sich, weil er auf der IBO zu viel getrunken hatte, und drittens lag ihm der Fleck auf Pias Kostüm schwer auf der Brust. Da kam das Bürofräulein angerannt: »Kurt, ans Telefon.« Er erschrak, denn er wurde nie ans Telefon geholt. Er haßte es und hatte Pia und denen daheim verboten, ihn im Geschäft anzurufen. »Sicher ist da etwas passiert«, dachte er, denn er hatte viele Geschwister, die zur Arbeit und zur Schule fuhren.

Dann war es Pia. »Entschuldige, daß ich anrufe, aber ich muß es dir einfach sagen. Das Kostüm ist schon trocken.« »Ja, und der Fleck?« »Keine Spur von ihm. Ich habe das Kostüm an; es ist viel schöner geworden. Ich sehe ganz schlank darin aus.« »Ist es samtig geblieben in der Waschmaschine?« »Ich sagte doch schon, weicher ist es geworden.« Da wurde Kurt plötzlich froh. »Weißt du was? Ich komme heute Abend und rede mit deinem Vater. Ich kann doch umlernen.« Pia tat einen richtigen Jubelschrei.

Martha

Ein junger, fremder Mann ging bachaufwärts. Er hatte einen Sinn für Landschaften und dachte: »Es muß einmal ein mächtiger Strom gewesen sein«, denn das Tal war breit und der Bach zwischen den Hängen klein. Linker Hand lag ein Dorf mit Kirche halb am Hang. Der Mann sah, daß sich von dort ein anderes Tal in die Anhöhe erstreckt. Der Bach mußte es einst eingefressen haben! Dieses Tal zog ihn an, und er ging über seine Äcker und Wiesen, denn es gab keine Straße. Es wurde immer enger, etwa eine halbe Stunde lang. Dann stand er vor hohen, grünen Hängen und kletterte hinauf. Oben war die Welt wieder frei. Leichtfüßig schritt er weiter, einen guten Kilometer. Da traf er seinen Freund, den Bach, wieder und lachte über ihn. Was macht er doch für einen netten, bequemen Umweg, um ins breite Tal zu kommen; Kurven, Schleifen, manchmal fließt er verkehrt, kleine Gefällchen, daß es ja nicht zu wild wird. Der Mann stand und sann lange. »Dir werd' ich helfen«, sagte er dann laut.

Bald darauf lud er die Bauern der Gegend zu einer Versammlung. Da redete er gewandt; er gewann sie alle, und sie gründeten in weiteren Versammlungen einstimmig eine Genossenschaft. Der fremde Mann hatte großen Eindruck auf die Bauern gemacht. Allerdings waren sie auf verschiedene Arten beeindruckt. »Wir gehen ganz anderen Zeiten entgegen«, schwärmte ein Bauer, »technischen Zeiten. Mit der Hurenschinderei ist es bald aus. Wir bekommen Kraftstrom und andere Maschinen; der Mann ist ein technisch Studierter.« Die Familie des Bauern war daraufhin für Monate in gehobener Stimmung. Ein anderer bruttelte: »Nicht daß ihr meint, wenn der Kraftstrom da ist, fängt die Faulenzerei an.« Dieser Bauer war stets besorgt, daß jemand zu wenig arbeite und jagte alle darauf vom Tisch. Wieder ein anderer kam von den Versammlungen und war halb betäubt von den Tausendern, mit denen der Fremde um sich geworfen hatte. »Jetzt, wo man kaum das rechte Geld hat, so damit umgehen.« Immer wieder entsetzte er sich, was das für einen Haufen kosten werde. Und einer war ganz von der Person des Mannes beeindruckt. Er müsse von weit her kommen. Dieser Bauer hatte einen kleinen Körperschaden, war darum nicht Soldat gewesen und hatte deshalb Sinn für Entfernungen entwickelt. Nach der zweiten Versammlung sagte er: »Der Mann redet ganz anders, er kommt ganz sicher aus dem Badischen.« »Das ist ja hinter dem Gehrenberg«, sagte ein jüngerer, lediger Bruder, bei dem der Körperschaden deutlich sichtbar war, und Schauer rieselten ihm über den krummen Buckel. Der Gehrenberg beschäftigte ihn nämlich zeit seines Lebens. Wenn es nicht in Strömen regnete oder es nebelte, hatte er diesen Berg vor sich. Je nach Wetter verschleiert, fern, in blauen Dunst gehüllt, dann wieder grün und freundlich, riesig und schwarz, immer aber als große Halbkugel die Welt im Westen begrenzend, wenn er von seiner Arbeit aufsah. Oft und oft sah er der Sonne zu, wie sie langsam hinter dem Berg verschwand. Wenn es dann bei ihnen dämmrig war, dachte er, wie es jetzt wohl ist hinter dem Gehrenberg mit der roten Sonne. Man hörte ihn mehrmals sagen, er möchte nur wissen, wie es hinter dem Gehrenberg aussieht. Einmal kam eine Nachbarin zu ihnen und sagte: »Der alte Vetter in Obersiggingen ist gestorben. Wir müssen zur Beerdigung. Bernhard, du kannst mitfahren.« Da erschrak dieser und sagte, er müsse es sich überlegen. Am Vorabend ging die Frau wieder hin. Sie saßen beim Vesper, und Bernhard wollte gehen. »He, wie ist es jetzt, um acht Uhr ist eingespannt.« Er könne nicht mit, sagte er, und verließ fluchtartig seinen Speck. »Der soll bloß noch einmal sagen, er möchte wissen, wie es hinter dem Gehrenberg aussieht«, schimpfte daheim die Frau. »Zu dir sagt er es bestimmt nicht mehr«, meinte ihr Mann.

Oben, vom steilen Hang her, bauten sie einen Kanal. Er war etliche Meter breit und tief, schön gerade bis zum Bach. Dort stauten sie das Wasser in einem großen Becken. Der Bach wurde neugierig. All sein Wasser wollte den neuen, bequemen Weg gehen. So viel konnte man aber nicht brauchen, einem Teil mußte man den Zugang wehren. Beleidigt floß dieser den alten, langweiligen Weg weiter. Das andere, zugelassene, war zuerst eifrig in der betonierten Spur, je weiter es aber kam, desto langsamer tat es. Zuletzt fürchtete es sich vor dem schrecklichen, engen Rohr, das senkrecht den Abhang hinunterführte. Da mußte das Wasser schießen und stürzen. Und unten trieb es die Turbinen, denn da stand das kleine Werk. So kam es, daß dort auf dem finsteren Land helles Licht brannte, als in der Stadt noch in vielen Häusern und Gassen trübe Gaslichter funzelten. Die Bauern rissen ihre alten Göpelhäuser ab und ließen außen an ihren Stadeln Transmissionen anbringen. Die Dreschmaschinen, Kreissägen, Briez-, Brech- und Blähmühlen, der Lachengolker, ja der Schleifstein – alles wurde von der Transmission aus betrieben; für die Bäuerinnen war es zum Fürchten, und das in manchen Fällen nicht zu Unrecht.

Der Bauer, der vorher das Grausen vor der Geldausgabe hatte, war angenehm überrascht. Er drosch die ganzen Wochen bis nach Weihnachten, danach sägte er bequem tagelang Holz, der Kraftstrompreis war immer gleich gering. Das gefiel ihm. Nur die Zählertafel im oberen Hausflur machte ihn grausen, denn da wurde der Lichtstrom gezählt. Sein Schreck ging auf die ganze Familie über. Sie mußten im Dunkeln vespern. »Ihr werdet euer Maul

wohl finden«, sagte der Bauer. Hatten die Kinder Schul-
aufgaben mittags nicht machen können, weil sie Kartoffeln lesen mußten, schimpfte er: »Zwei Lichter werden
nicht gebrannt, macht die Aufgaben am Küchentisch.«
Dieser Tisch war klein, und der Kinder waren mehrere,
so fielen die Hausaufgaben nicht immer zur Zufrieden-
heit des Lehrers aus. In den Schlafkammern durfte kein
Licht gemacht werden. »Ihr werdet wohl wissen, wo euer
Bett steht.« Manchmal vergaß jemand, ein Licht zu löschen. Wenn dies sogar über Nacht brannte, zum Beispiel im Keller, weil einer am Abend für den Vater noch
Most holen mußte, dann kam es zur Katastrophe. Es
wurde gelogen, verleumdet, geweint, gestritten und ge-
schlagen.

Sie hatten eine Tochter, die schlug aus der Art, sicher
schlug sie nicht dem Vater nach. Sie vergaß tatsächlich
manchmal, ein Licht zu löschen. Ihr wurde meist ein
über Nacht brennendes Licht angelastet, ein paarmal auch
zu Unrecht. Sie bekam von ihrem Vater oft den Grind
voll. »Meinst denn du, das ist pauschal?« schrie er dabei.
Leider mußte dieser Bauer viel zu früh sterben. Als sie
alle am Totenbett standen und die Krankenschwester
erstmals »Und das ewige Licht leuchte ihm« betete, lachte
die mißratene Tochter hellauf, denn ihr war durch den
Kopf gefahren: »Hoffentlich pauschal.« Entsetzt und ent-
rüstet schauten alle. Als die Nachbarschaft und Verwandtschaft sich verlaufen hatte, übte der rechte Sohn seine erste

Handlung als Vaters Vertreter aus und schlug auf die Schwester ein. »Laut lachen, wenn der Vater stirbt!« Sie habe nicht deswegen gelacht, und sie gestand, warum sie das widerwärtige Lachen nicht verheben konnte. Damit machte sie aber nichts besser. Nun drosch auch die Mutter auf sie ein: »Warte nur, dir werde ich den Respekt noch beibringen, du minderwertiges Ding, du nichtsnutziges!«

Auch in anderen Häusern wurde Lichtstrom gespart, so daß jener Mann sah, daß das Wasser viel mehr leisten konnte. Zum Beispiel Holz sägen, aus Holz Papier machen, aus diesem entweder Karton oder Verpackungsmaterial. So entstand im finsteren Tal die Fabrik. Der Mann ließ eine gerade Straße mit jungen Pappeln bis ans Ende des Tals anlegen, und weil er vor seinem inneren Auge sah, wie sich die Fabrik dem Talausgang zu ausbreiten würde, baute er sein Haus, damit es nie im Wege sei, an dessen Ende – ein schönes weißes Haus mit hohen Fenstern, Erkern und Türmchen, wie sie dazumal gebaut wurden. Der Betrieb lief gut, denn es begann die Zeit, in der die Frauen die alte Zuckerguckel und das Grießsäckchen zum Einkauf vergessen durften. Alles ward allmählich gut verpackt.

Der Mann brachte eine feine Frau aus der fernen, badischen Stadt. Nun könnte die Geschichte zu Ende sein, wenn diese Frau Söhne und Töchter bekommen hätte. Sie hatte aber nichts als Früh- und Fehlgeburten. Bis nach

Heidelberg zu einem Professor mußten sie, und als sie endlich wieder schwanger war, flüsterten sich die Leute schaudernd zu, die Frau müsse neun Monate liegen. Ein Monat oder mehr war wohl schon vorbei, als sie anfingen zu flüstern. Die Bäuerinnen standen aber frühmorgens frohgemuter auf, wenn sie an die reiche Frau dachten. Dann wurden aus den neun Monaten sieben, und noch viel erschrockener sprachen die Leute von einem Kaiserschnitt. Das war damals noch eine gefährliche Sache, nur einmal könne das bei einer Mutter gemacht werden. So hatte dieses Kind von Beginn an etwas Einmaliges an sich. Es war dann ein schönes Kind; mit einer klaren Haut, wie lebendes Elfenbein. Die Haare waren rot, hatten aber nichts Rostiges, sondern leuchteten goldgelb. Und es hatte dunkelgrüne Augen. Mag sein, daß die Frau zu viel von ihrem Sofa aus die grünen Hänge hinaufgeschaut und dort vielleicht manchmal ein Füchslein hatte herumstreichen sehen. Das Kind war das Glück im Tal. Der Fabrikant nannte es seinen Wildfang. Er erzählte so oft es paßte, die kleine Martha mache ihrem Namen Ehre, denn sie kümmere sich nicht nur um viele, sondern um alle Dinge. Das Kinderfräulein hatte viel zu rennen. Es war eine gefährliche Umgebung, in der Martha aufwuchs: da waren Holzstapel und Papierberge, sausende Räder und stampfende Maschinen, eingezäunte und offene Wasserbehälter, stehendes und fließendes Wasser.

»Wenn man eine Tochter hat, kommt der Sohn von selbst«, sagte Marthas Vater. Beinahe war es so. Sie hatten einen weit entfernten Verwandten aus der Mannheimer Gegend, der wurde Volontär und bald Marthas Bräutigam. Wenn alles zusammenkommt: Reichtum, Schönheit, Glück, dann ist der Neid tatsächlich machtlos. Alle Welt sah das Paar mit großem Vergnügen.

So könnte die Geschichte wiederum zu Ende sein, wenn der Krieg nicht gekommen wäre. Der spielte Martha böse mit. Von Anfang an. Der Fabrikant durfte sein Auto behalten, denn in der Fabrik hatten sie wichtige Heereslieferungen – Granaten konnten wahrscheinlich nicht unverpackt verschickt werden. Auf einer Geschäftsfahrt geriet Marthas Vater bei Nacht und Schneetreiben zwischen eine Panzerkolonne. Es wurde nie klar, wer rutschte; er wurde mitsamt seinem Auto zwischen den Panzern zermalmt. Martha weinte bitterlich am Grab. Trotzdem waren manche Leute nicht zufrieden mit ihr, denn sie hatte zu schwarzem Hut und Rock eine Fuchspelzjacke an. Die stand ihr ausgezeichnet, aber was die Hausmeisterin sagte, dachten mehrere der Frauen: »Für so einen Vater hätte sie ganz schwarz sein müssen.«

Die Hausmeisters hatten die Wohnung im Erdgeschoß des weißen Hauses. Das ganze Haus mußte froh sein über ein bißchen Sonne im engen Tal, die Hausmeisterwohnung kam schlecht weg dabei. Der Hausmeister war ein fleißiger Mann; Keller, Hof, alles Wasser, den Kanal oben mit dem Wehr, Tore, Türen und Gatter hatte er zu betreuen. Seine Frau machte die Arbeit im oberen Haushalt mit großem Eifer, denn die feine Frau war ihr ein und alles.

Nur ein paar Monate später, es war Mai, war Martha schon wieder bei einem traurigen Anlaß die Hauptperson. Allerdings gab es keine Beerdigung, denn der tote Bräutigam hatte ein Seemannsgrab. Mit Tausenden von Kameraden wurde er mit einem großen deutschen Schlachtschiff versenkt. Diesmal hatte Martha nur ein kleines Kräglein aus Fuchspelz am schwarzen Kostüm. Die Hausmeisterin sagte mißbilligend, sie weine jetzt mehr als beim Vater.

Noch im selben Jahr, im Winter, stand Martha ganz in Schwarz am Familiengrab. Diesmal konnte die Hausmeisterin nichts sagen. Beide weinten heftig. Martha schüttelte es so sehr, niemand konnte widerstehen mitzuschluchzen. Alle wußten es: Martha und ihre Mutter liebten sich auf außergewöhnliche Weise, und daß Martha so viel Leid ertragen mußte, hatte der Mutter das Herz abgedrückt.

Martha war nicht dazu erzogen worden, ihren Mann zu stehen. Männer waren bislang immer genug um sie gewesen. In einem Internat hatte sie etwas Buchführung gelernt, auch ein wenig Englisch, ein bißchen mehr Französisch und ganz nett Klavierspielen. Marthas Vater hatte einen Prokuristen, der konnte einem solchen Betrieb vorstehen, und so lief der Betrieb trotz aller Todesfälle weiter, er mußte weiterlaufen, denn es war ja Krieg. Herr Probst, der Prokurist, kam jeden Morgen, ja auch sonntags, aus der Stadt angeradelt und fuhr meist erst nachts wieder heim. Martha bewohnte acht Zimmer, mutterseelenallein. Sie drängte darauf, daß Herr Probst mit seiner Familie im zweiten Stock wohne. So zogen die Probsts ein: der ältere Sohn, der den gleichen Beruf wie sein Vater erlernt hatte, half noch beim Einzug, dann mußte er zum Militär. Frau Probst hatte aber noch einen kleinen Sohn, einen Nachzügler, wie sie sagte. Beim Umzug war er zehn Jahre alt. Er war auf den Tag gleich alt wie Hausmeisters Päule, die ebenfalls ein Nachzügler war. Darum wurden Frau Probst und die Hausmeisterin sofort dicke Freundinnen. Die beiden bildeten auch gleich, ohne daß sie darüber gesprochen hätten, ein Komplott gegen Martha. Warum, war nicht einzusehen, und der Probst tadelte es auch. Martha war nämlich freundlich und liebenswürdig. Bei der Hausmeisterin war es eher verständlich, denn ihre große Tochter, in Marthas Alter, war so häßlich wie jene hübsch war. Dafür hatte diese aber einen Mann, der in keiner Weise in Gefahr war, im Krieg zu fallen. Auch Päule ließ erahnen, daß sie nicht an Marthas Schönheit herankommen würde. Vielleicht war das der Grund. Die Hausmeisterin machte allmählich die Arbeit im ersten Stock nachlässig und widerwillig.

Zu Päule sagte sie: »Die könnte ihren Dreck ruhig selber wegputzen«, und zu Frau Probst: »Die tut, als ob man sie drüben bräuchte, wo doch der Herr Probst alles selber macht.« Ein bißchen traf die Hausmeisterin damit ins Schwarze. Herr Probst machte es geschickt, so als ob Martha alle Entscheidungen, die er traf, selber träfe. Bei allen, die dort arbeiteten – es waren in den letzten Kriegsjahren auch Frauen und ganze Kolonnen Gefangener –, war Martha eine beliebte Chefin. Sie sorgte sich um Dinge, die damals nicht der Sorge wert schienen. Wenn jemand aus der Umgebung um ein paar Schachteln für Päckchen ins Feld kam, dann mußte er Martha, die Chefin, selber finden, damit er sie bekam.

Mit dem kleinen Sohn der Probstleute kam Leben ins dunkle Tal. Er war ein auffallend hübscher Bub, schleppte das Päule die steilen Hänge hinauf, lehrte sie oben im Kanal das Schwimmen und rutschte mit ihr den Buckel herunter. Mit Martha verband ihn von der ersten Sekunde an eine ganz enge Freundschaft. Sie zeigte ihm alles in der Fabrik, und als sie merkte, daß ihm die sausenden Räder gefielen, sprach sie mit Herrn Probst darüber. Roland müsse nach dem vierten Schuljahr in die Stadt zur Oberschule, um später, wie ihr Vater, Ingenieur zu werden.

In der Fabrik hatten sie es durch ihre Lieferungen und die Gefangenen viel mit Militärs zu tun, vor allem mit

Offizieren. Bei ihnen sprach es sich herum, daß im abgelegenen Tal eine reizende, reiche Fabrikbesitzerin wohnte. Päule wußte in der Schule und im BDM-Dienst bald viel zu erzählen. Das meiste hörte sie von den beiden Frauen, manches sah sie selber. »Heute morgen hat die Mutter bei Martha zehn leere Sektflaschen wegräumen müssen.« Mindestens vier hat Päule dazugedichtet, aber es stimmte schon, bei Martha ging es lustig zu. Weil niemand so recht wußte, was Sekt ist, war es eine verworfene Sache, zumal der Krieg immer schlimmer wurde. Von oben und unten im Haus horchten sie auf das Gelächter. Wenn die Probstin gar zu sehr schimpfte: »So spät in der Nacht«, drehte sich der Mann unwillig zur Seite und sagte: »Laß' sie doch, es sind nette Herren, und wir brauchen sie.« Päule wußte: »Jetzt kommt schon wieder ein anderer Offizier.« Auch damit hatte sie nicht ganz unrecht. Weil beim Militär großer Wechsel gang und gäbe ist, war es auch bei Martha. Sie sagte sich aber, daß sie kein leichtes Mädchen sei, sie liebe jeden mit aller Kraft ihres guten, unselbständigen, einsamen Herzens. Alle sagten ihr, daß auch sie sie liebten, doch dann mußten sie nach Norwegen und Afrika. »Jetzt bekommt sie Pakete aus Frankreich«, wußte Päule zu erzählen. Man hätte es nicht geglaubt, aber man sah es selber. Als alle Mädchen immerzu dasselbe Kostüm und gestopfte Strümpfe anhatten, trug Martha seidene Blusen und Pelzmäntel und, wie Päule sagte, ganz tolle Unterwäsche.

Von einem, der wohl vor seinem Heldentod tatsächlich gemeint hatte, Martha sei die Richtige, bekam sie eine Fuchspelzjacke geschickt. Päule konnte es nicht ausmachen, kam sie aus Frankreich, Norwegen, Polen oder gar Rußland? Jener Offizier muß Marthas Haarfarbe genau studiert und behalten haben, das Fell hatte haargenau dieselbe Farbe. Die Füchslein müssen eigens für Martha gelebt haben, so gut stand ihr die Jacke. Darum trug sie sie, außer an den Hochsommertagen, dann ständig.

»Nun kommen schwere Pakete, der Vater kann sie kaum tragen; da muß Wein und Sekt drin sein«, erzählte Päule. Zum Ende des Krieges blieben die Pakete aus, die Herren auch. Martha klammerte sich wieder mehr an Herrn Probst. Außerdem hatte sie viel zu helfen und zu verschenken in diesen Notzeiten. Als der Krieg aus war, fanden die Franzosen das Tal. Sie hatten sofort mit Martha zu tun, denn sie brauchten Verpackungsmaterial. Der Betrieb lief weiter, gut und unbeschädigt, zwei, drei Jahre mit deren Hilfe, was man damals nicht von allen Betrieben sagen konnte. Diese schöne Fabrikantin mit den roten Haaren und den grünen Augen, die dazuhin Französisch konnte, mußte den französischen Herren gefallen. Päule wußte verruchte Dinge zu erzählen. Sie hatte nun selber Sachen an, von denen andere Mädchen nur träumten. Sie bekam sie von Martha, denn Päule war inzwischen ja auch größer geworden.

»Zur Zeit ist sie in Paris«, sagte sie nach einer Abend-
andacht, denn alle waren wieder fromm, und ein Schau-
dern überkam diejenigen, die das hörten. Der Probst fuhr
seine Frau böse an, als diese sogar im Bett nicht aufhören
wollte, deswegen zu lästern. »Was geht das denn uns an?«
Wiederholt hatte er das schon gesagt. Da drehte sich auch
die Probstin zur Bettkante hin, und als da beide schwei-
gend und weit auseinanderliegend brüteten, wurde ein
Gedanke gezeugt. Sie kannten ihn noch nicht, so wenig
man vom Kind weiß, wenn es eben gezeugt wird: der Gedanke von der probstischen Alleinherrschaft im Tal.

Martha fuhr nach einer guten Woche wieder heimwärts. Solange sie noch in Frankreich fuhr, war sie fast in
festlicher Stimmung. Ein Opfer hatte sie gebracht für
Deutschland. Als sie über dem Rhein war, für die Heimat, als sie in deren Nähe war, für das Tal. Sie mochte
nicht aus dem Zugfenster schauen. Es regnete in Strömen, die Ährenfelder lagen wie plattgewalzt, und längst
verdorbenes Heu lag allerorts da wie Mist auf den Wiesen. Der Sommer war kalt und verregnet, Martha ku-
schelte sich tiefer in die Pelzjacke. Sie dachte an die schönen Anlagen in Paris und an die vielen Lichter dort in
der Nacht. »Pascal oder Tal«, ratterten die Räder. Es war
zu schwer für sie, alleine, noch dazu eine richtige Entscheidung zu treffen. Er wollte, daß sie ihren Betrieb ver-
kaufe und ihn heirate, denn er hatte eine ähnliche kleine
Fabrik. Hätte Martha sich für Pascal entschieden, wäre

die Geschichte hier wiederum zu Ende. Als sie ganz nah'
der Heimat war, sah sie, daß alles Obst, sogar die Blätter
von den Bäumen abgeschlagen waren. Der Taxifahrer
erzählte, kürzlich habe ein grausiges Unwetter gewütet.
Als die Hausmeisterin Marthas ansichtig wurde, schlug
sie schnell die Tür zu. Von den Probsten sah sie niemanden. Weil sie mit keinem sprechen konnte, machte sie ein
Fläschchen Wein auf. Zuerst prostete sie dem verratenen
Pascal und Paris zu, dann aber ihrer Heldentat.

Dann kam bald das neue Geld und mit ihm der große
Probstsohn aus der Gefangenschaft. So hatte Martha
kaum noch Zeit, über Paris nachzudenken, viel weniger,
etwas zu bezweifeln. Beide Söhne des Herren Probst glichen seiner stattlichen, hübschen Frau. Dieter war ausge-
hungert, in jeder Hinsicht. Schon in der zweiten Nacht
schlich er zu Martha hinunter. Er war eine rechte Anzahl
von Jahren jünger als sie. »Die beiden müssen ja zusam-
menkommen«, sagten die Arbeiter, wenn Martha und er
durch die Maschinenräume gingen oder einer im Büro
etwas zu tun hatte, wo die beiden sich gegenübersaßen.
So hatte Martha einen weiteren Berater, einen oberge-
scheiten, der alles überblickte und durchschaute. Es war
ein rechter Spaß, wenn er um Unterschriften zu ihr kam
und sie dabei küßte. Jener gezeugte Gedanke wuchs jetzt
selbständig im Geheimen, er zog seine Nahrung aus der
übergroßen Bereitwilligkeit Marthas und auch aus dem,

was die Hausmeisterin und die Probstin redeten. »Ach, laß doch, Mutter, es war ja Krieg. Ich hatte auch einmal eine Holländerin«, sagte der Junge anfangs. Ungefähr ein Jahr nach der Währungsreform, als der Betrieb immer besser lief – der alte Probst, der junge Probst und Martha besaßen bereits große Autos –, da erzeugte der Gedanke die ersten Vorwehen. Die Probstmänner machten Martha den Vorschlag, Teilhaber zu werden. Zu dieser Zeit kam sich Martha recht tugendhaft vor. Allein trank sie keinen Wein mehr, und die schöne Fuchspelzjacke blieb immerzu im Schrank. Dieter war zurückhaltender geworden. Martha deuchte es gut so für den ehrbaren Brautstand. Sie willigte kaum zögernd ein und hatte Hoffnung, dies beschleunige die Heirat.

Eines Sonntagvormittags, kurz nachdem Martha allein von der Kirche zurückkam, denn Dieter weigerte sich immer öfters, mit ihr dorthin zu gehen, fuhr ein großer Wagen vor, dem ein blutjunges, schönes blondes Mädchen entstieg. Martha traf es wie ein Blitzschlag. Dieser erleuchtete sie und betäubte sie zugleich. In der oberen Wohnung wurde an diesem Tag der Gedanke geboren und seine Geburt gefeiert, denn Dieters Braut war außerdem reich. Martha wollte die Wehen nicht mehr spüren und griff zu ihrem Betäubungsmittel.

Die Männer wunderten sich dann, weil alles so glatt gegangen war. »Ach ja, ach ja«, murmelte Martha und unterschrieb alles, was der Notar vorlegte. Sie kam nicht schlecht weg. Einen Haufen Geld bekam sie sowie eine laufende Zuwendung. Kein Familienvater der Gegend hätte von solch einem Betrag träumen dürfen. So gutwillig Martha bisher ach ja gemurmelt hatte, so eigensinnig sagte sie aber dann nein zu dem Vorschlag der Probstens fortzuziehen. Jede erdenkliche Hilfe bot man ihr an, um in der Stadt ein Haus zu kaufen. Es war ein Schöntun, ein Gebettel, ein Geschimpfe. »Hier bin ich daheim, hier will ich bleiben und leben«, sagte sie zum alten Probst. Nur einen schmalen Streifen Land brauche sie, der niemandem etwas nütze, an der Ostwand entlang. Der Probst hatte mit seinem Sohn, vor allem aber mit seiner Frau, die heftigsten Auseinandersetzungen, weil er dies Martha nicht abschlagen konnte. Ohne deren Zustimmung machte er mit Martha den Kaufvertrag und eine Abmachung über lebenslänglichen Bezug von Strom und Wärme aus dem Werk.

Zuerst ließ Martha am Ende des Hangs eine Höhle eingraben und ausbetonieren. Dies wurde der Wein- und Sektkeller. Sie kaufte ein Fertighaus. Es schloß an diesen Keller an, der von der Küche aus zu erreichen war. Es war ein schmales, eigenartiges Haus. Es stand so dicht an der Hangwand, kein Mann hätte da stehen können. Entlang dieser Wand hatte es auch keine Fenster; solche waren nur an der vorderen Längsseite. Die drei Fenster gehörten zu den drei Zimmern, die genau gleich groß waren und hintereinander lagen, Tür und Fenster an der gleichen Stelle. Von außen kam man nur über eine Treppenstufe durch eine schmale Tür in die Küche. Martha holte den Schreiner. Er sah sofort das Eisenbahnartige dieses Hauses und plante mit ihr, daß dies betont werden müsse. Die Möbel des letzten Zimmers, das neben der Toilette lag, wollte der Schreiner nicht selber machen. Es sollten erstklassige sein. Für die anderen Abteile fertigte er Möbel an, alle im Grunde in der gleichen Art. An der fensterlosen Wand stand die Liege, im ersten Raum ein eher schmales Sofa, im zweiten schon eine breite Liegestatt, und im dritten war es ein Prachtbett. An die Stirn- oder Türwände der Zimmer baute der Schreiner schöne Schränke; im ersten für Geschirr und Bücher, im zweiten für Kleider und Wäsche, und im letzten war es der reine Luxus mit Spiegelwänden. Für die Fensterwände machte der Schreiner Tische, Bänke und Stühle; im ersten derbe zum Essen, im zweiten zierliche, kleinere für nur wenige zum Trinken, und im letzten Waggon waren es nur noch ein winziges Glastischchen und zwei kostbare Sessel. Der Schreiner und Martha fuhren oft und oft fort, um einzukaufen. Die Vorhänge mußten zu Marthas Haaren, der Lampenschirm zu ihren Augen passen. In anderen Zimmern auch umgekehrt. Der Schreiner blieb abends lange da und kam auch später immer wieder, um das Erste-, Zweite-, und Dritteklassezimmer auszuprobieren. Es dauerte aber lange, bis alles so war, wie Martha es haben wollte.

Sie ging durch den Betrieb, was die Probstmänner nicht gern sahen, ließ sich als Chefin grüßen und sagte diesem und jenem Arbeiter, wenn sie Möbel brauchen könnten, sollten sie nach Feierabend kommen. Sie sagte es aber nur solchen Männern, von denen sie wußte, daß sie welche brauchen konnten. Martha kannte die Verhältnisse ihrer Leute, der Probst lobte dies stets als ihre Stärke. Nun gab es ein paar Wochen lang eine lustige Schenkerei. Sogar das Klavier schenkte sie her und fast den ganzen Hausrat. Jeden Abend schenkte sie, wenn man sich geeinigt hatte, wer was bekommt, Wein ein. So fröhlich hatte man Martha davor kaum gesehen.

Sie verhielt sich dann still. Trotz der vorherigen Streitereien wegen des Hauses sprach Martha freundlich mit dem jungen Probst. Auch die Probstin und die Hausmeisterin samt Päule grüßten sie liebenswürdig. Man sah Martha übrigens vormittags nie, nachmittags selten, höchstens einmal in der Woche, wenn sie in die Stadt zum Einkaufen fuhr. Die Leute drehten sich immer noch nach ihr um, so elegant und schön war sie.

Am Abend sah man sie dann. Da stellte sie einen Stuhl neben die Tür, sommers wie winters. Denn nur am Abend kam dahin ein bißchen Sonne. Den ganzen Tag waren ihr der hohe Hang oder das weiße Haus im Weg. Sie saß natürlich nicht immer im Stuhl, sondern ging an ihrem Haus auch auf und ab. Nein, Handtäschchen trug sie dann keines, aber immer war der Fuchspelz dabei; entweder hatte sie ihn an, um die Schulter gehängt, über die Knie oder die Stuhllehne gelegt. Martha schaute, wie die Männer nach Hause gingen. Manche kamen her, denn nah' bei Marthas Haus war ein Lagerraum, und die Männer taten, als ob es da noch was zu tun gäbe. Sie hielten mit der Chefin ein Schwätzchen. Einige gingen hofrecht mit ihr ins Haus auf ein Gläschen, und wieder bei anderen wurde dem Päule das Warten aufs Herauskommen zu lange. Natürlich sprach man von diesen Dingen im finsteren Tal als von einem Sündenbabel. Aber irgendwie paßte so etwas zu einer Fabrik, und bald sprach niemand mehr davon.

»Jetzt kommt die ranzige Füchsin aus dem Bau«, sagte die Hausmeisterin oftmals. Das »ranzig« hätte sie weglassen sollen, das war ordinär, aber das mit der Füchsin traf zu. Auch Füchse kommen erst abends heraus.

Von den allermeisten Fenstern des weißen Hauses sah man auf Marthas Tür. Die Probstin konnte das nicht mehr mit ansehen und wollte wegen des gegenüberliegenden Ärgernisses unbedingt in die Stadt ziehen. Wegen Martha, der Füchsin, nicht wegen Karin, der netten Schwiegertochter, sei sie umgezogen, sagte sie überall. Der alte Probst fuhr wieder ins Geschäft, jetzt zwar mit dem Auto. Karin kümmerte sich nicht um Martha, sie war mit ihrem Glück beschäftigt.

Dann kam Roland wieder ins Tal. Er war die ganzen Jahre fort gewesen, zuerst zum Studieren und dann im Ausland.

Und nun begann der Zankapfel wieder zu rollen. Dieser war nämlich von Beginn an dort gerollt, immer wegen Marthas und Rolands. Schon als Roland ein Schüler war, rollte er zwischen der Probstin und ihrem Sohn, weil er jede freie Minute zu Martha hinunterlief. »Was tust du denn bei ihr?« fragte sie immer wieder. »Ach, wir reden miteinander, lernen Französisch, spielen Schach, und sie spielt Klavier, das hörst du doch.« Jetzt, nach den Jahren, ging es zwischen ihnen weiter, denn die Probstin wollte unbedingt, daß Roland bei ihr in der Stadt wohne. »Im Tal bin ich daheim, da will ich bleiben und leben«, sagte Roland mit genau denselben Worten, wie Martha dies gesagt hatte. Auch der Probst hatte schon manches mitgemacht wegen Rolands und Marthas. »Du läßt ihm alles zu, du wehrst ihm nichts«, zankte einst seine Frau mit ihm. »Was soll ich ihm denn wehren, was hast du denn immerzu gegen Martha?« Als aber Roland in die Nähe des Abiturs kam, da waren die Zeugnisnoten nicht so, wie der Probst sie gerne gesehen hätte, und als er gar abends einige Male meinte, Roland komme angesäuselt von Martha, da wurde er böse mit seinem Sohn. Es kam zu Verboten, deren Einhaltung der Probst nicht unter Kontrolle hatte. So mußte der Probst es mit Eifer betreiben, daß Roland weit fort kam und lange Zeit fort blieb.

Marthas Vater hätte es nicht für möglich gehalten, was in den folgenden Jahren mit der Fabrik geschah. Das Aufkommen des Kunststoffes ließ sie anwachsen, das Pappelsträßchen genügte gerade noch als Rad- und Fußweg. Wer weiß, auf welche Weise der Betrieb noch ausgeufert wäre, wenn die Brüder weiterhin so an einem Strang gezogen hätten. Aber da waren Roland und Martha. In den ersten Zeiten kämpfte er hart mit sich. Er schalt und entschuldigte sich. Er liebte und haßte Martha. Sein Hader wurde immer weniger heftig. »Du wirst sehen, der heiratet die alte Vettel noch«, sagte Päule zu ihrer Mutter, wenn sie bis nach zwölf Uhr nachts auf ihrem Posten ausgeharrt hatte. Zwischen Päule und Roland hatte früher der Krieg am heftigsten getobt. Abends schrie sie am Haus hinauf: »Roland, komm' doch zum Ballspielen!« Er erschien dann nur an Marthas Fenster und schüttelte den Kopf. Nach Tausenden solcher Anlässe biß und kratzte Päule und hieß ihn Hurenbüble. Als die Franzosen kamen, nannte sie ihn Franzosenlümmel, denn diese waren nicht nur Marthas, sondern auch seine Freunde. Manche meinten, er sei Marthas junger Bruder und schickten ihn hoch zum Schlafen, wenn es dunkel wurde. Jetzt konnte Päule natürlich nicht mehr kratzen und Schimpfnamen austeilen, um so heftiger warf sie mit faulen Äpfeln aus dem Tal. Die Hausmeisterin erlaubte sich mehr, sie sagte: »Herr Probst, sie werden hoffentlich wissen, was das für eine ist« oder so etwas ähnliches.

Nach einiger Zeit fing der Zankapfel zwischen dem Ehepaar Karin und Dieter an zu rollen. »Du mußt Grund haben, ihm dies zu erlauben.« »Schimpf und Schande«

warf sie ihm immer heftiger an den Kopf. Karin mochte den hübschen Schwager, und er sie auch. Sie wünschte nichts sehnlicher als eine Schwägerin in ihrer Abgelegenheit zu haben. »Auch Spielkameraden für die Kinder wären herrlich«, sagte sie immerzu zu Roland. Der schaute dann wie abwesend vor sich hin. Zuletzt, als Roland etwa wieder fünf Jahre im Tal war, ging der Streit auch zwischen den Brüdern los. »Dir schmeckt wohl die Liebe bei keiner andern mehr. Sie hat es dich ja früh genug gelernt, und das Saufen ebenso.« Dieter konnte es nicht mehr dulden: Roland saß abends und wartete, bis drüben frei war; dauerte es zu lange, ging er ins Wirtshaus und fuhr danach erster Klasse, je mehr er getrunken hatte, desto famoser. Ohne schwer betrunken zu sein, konnte er nicht mehr ins Bett gehen. Dieter und Karin brachten ihn weit weg zur Heilung.

Nach einem Jahr schrieb er, daß er gesund sei, und gab den Tag seiner Rückkehr an. Aus irgendeinem Grund wurde er eine Woche früher entlassen. Er ging den Weg von der Bushaltestelle zu Fuß und trug seinen Koffer. Wie er so das Pappelsträßchen ging, dachte er: »Alle Wege führen nach Rom, nur diese nicht, weder der Fußweg, noch die Straße, noch der Wasserweg. Alle sind am Hang zu Ende.« Das hatte er als Schüler schon manchmal gedacht, wenn er heimradelte, aber damals dachte er jedesmal: »Aber fort führt der Weg, nach Rom und in die weite Welt.« Das mochte er schon lange nicht mehr denken. Darüber sann er nach und über das Wasser, das linker Hand weglief in seiner betonierten Spur, schmutzig, müde und verbraucht. Er wußte, erst dem großen Tal zu wurde es munterer. Da ahnte es seinen frischen Bruder. So müde das Wasser weglief, so müde ging er hin.

Als er schellte, hörte er oben Karin »Das Taxi!« rufen. Er spürte die Enttäuschung, weil er es war und nicht das Taxi. Sie warteten nämlich dringend darauf. Es sollte Dieter zur Bahn bringen zu einer Auslandsreise, die er machen wollte, bevor Roland zurückkäme. Ein Koffer stand in der Diele. Roland stellte seinen daneben. Hastig nahm ihn aber Karin weg und stellte ihn an die Treppe, die in den oberen Stock, zu Rolands Zimmer führte. »Als ob mein Koffer Dieters ansteckte«, ging es ihm durch den Sinn. Er entschuldigte sich: »Sie haben mich eine Woche früher entlassen.« »Ist ja gut«, sagte dann Dieter, »dann kannst du mich vertreten« und erklärte ihm einige geschäftliche Dinge. Erst danach sah er den Bruder an. »Du siehst gesund aus.« Auch Karin bestätigte dies. »Wo sind die Kinder?« Wegen des Abschieds habe man sie schon zu Bett gebracht. Es war Sommer und noch heller Tag. Roland bedauerte es. Auf die Kinder hatte er sich gefreut. Ungeduldig trat Dieter ans hohe Flindurfer, um nach dem Taxi zu sehen. Roland stand neben ihm, sie sahen auf Marthas Tür. »Was macht sie?« »Wie immer, eher schlimmer«, und Dieter gab seinem Bruder einen ängstlichen Blick. »Du gehst nicht mehr hin?« Roland sagte »Nein«. Da sprach Karin etwas zu laut und zu spitzig: »Es ist vor allem wegen der Kinder.« Das Taxi kam. Roland wollte das Ehepaar beim Abschied nicht stören und ging rasch nach oben. Dann wartete er lange, daß Karin ihn rufe. Er hatte Hunger. Er ging von einem Fenster zum andern und blickte dabei auf Marthas Haus. Sie kam nicht heraus an diesem Abend. »Wenn Karin das mit den Kindern nicht gesagt hätte oder wenigstens in einem anderen Ton, wenn sie mich holen käme, mit mir redete und mir etwas zu essen gäbe, dann wäre es anders«, dachte er. Er wurde zornig und ging hinunter, zum Hinterausgang hinaus. Es war inzwischen dunkel geworden, er meinte, niemand sehe ihn. Marthas Tür stand immer bis spät in die Nacht offen. Roland kam ins erste Zimmer, da fiel ihm sofort der Brief auf. Verschlossen, ohne Adresse, lag er auf dem Tisch neben einer geöffneten, vollen Weinflasche. Ein Glas stand auch dabei. Es schoß Roland der Gedanke durch den Kopf, der Brief könne an ihn gerichtet sein. Er nahm ihn sogar in die Hand. Dann kam Martha aus dem zweiten Zimmer, sie hatte gehört, daß da jemand war. Aus ihrem »Oh, Roland« hörte er auch hier ein Bedauern heraus, und er sagte entschuldigend: »Sie haben mich eine Woche früher entlassen.« Mit einem Blick zur Flasche fragte er: »Du bekommst Besuch?« »Erst später«, sagte Martha, und plötzlich freute sie sich. Sie lobte ihn, wie gesund er aussehe. Sie selber hatte sich während des vergangenen

143

Jahres verändert. Das, was man ihr so lange Zeit nicht angesehen hatte, stand nun deutlich als beginnende Zerstörung im Gesicht geschrieben. Dazuhin hatte sie aber etwas Entschlossenes an sich, das nicht zum andern paßte, darum kam sie Roland fremd vor. »Darauf muß ich einen trinken«, sagte sie und kippte mit einem blitzschnellen Ruck ein Glas Kognak hinunter. »Du darfst nicht mehr?« Roland schüttelte den Kopf. Darauf machte Martha eine Bewegung nach den Zimmern und fragte: »Und das, darfst du das auch nicht mehr?« Da lachte Roland und sagte, das habe ihm niemand verboten, und ging ihr nach. Doch als er ins zweite Zimmer kam, erschrak er. Hier herrschte Unordnung. Als ein wüster Knäuel lag die Fuchsjacke auf einem Stuhl. Die Steppdecke, die eigentlich in das nächste Zimmer gehörte, das wußte Roland, hing von der breiten Liege zur Hälfte auf den Boden herunter. Am Rand hatte sie Löcher, aus denen Schafwolle quoll. Diese Steppdecke kannte Roland gut. Die roten Rosen auf dem Stoff waren von demselben Rot wie Marthas Haare, die Knospen waren gelblich, genau wie Marthas Haarspitzen, und die Rosenblätter waren vom gleichen Grün wie ihre Augen. Das Seidenband, mit dem die Decke eingefaßt war, glich früher ihrer Haut, es war elfenbeinfarben. Martha hatte ihm einmal erzählt, in Stuttgart und München habe sie nach dieser Steppdecke gesucht und endlich in Frankfurt gefunden. Auf dem Boden lagen eine alte Schere und, was das Häßlichste war, Schnurfetzen, wie sie massenweise im Verpackungsraum der Fabrik herumlagen, schmutzige, ausgefranste, zusammengeknotete. Diese Unordnung stieß Roland ab. Im Sanatorium hatte Ordnung geherrscht. Martha stand wartend in der nächsten Tür, sie nestelte an ihrer grünseidenen Bluse. Da sagte Roland: »Ein andermal.« Sie nickte nur, und er ging. Es waren kaum zehn Minuten gewesen, die er bei Martha war. Das Hungergefühl ließ ihn lange nicht einschlafen.

In aller Frühe polterte jemand an seine Tür. Er fuhr auf, wußte im Moment nicht, wo er war und rief: »Herein!« Es war ein Polizist. Roland kannte ihn gut, aber der Beamte wollte ihn nicht kennen und sagte, er müsse sofort in den Hof kommen. Da stand eine Gruppe von Menschen, auf dem Boden lag etwas. Roland sah zuerst die Menschen an: drei Polizisten, der alte Arzt, der Hausmeister, Karin und, da Samstag war, nur einige Männer aus der Fabrik. Alle starrten Roland an. Dann sah er auf das, was auf dem Boden lag. Wie eine Wickelpuppe sah es aus. Oben heraus hingen Marthas Haare, nun schwarz vom Wasser. Die Rosen der Steppdecke, in der sie stak, waren von der Nässe ebenfalls schwarz. Auch die Rosenblätter waren dunkel, das elfenbeinfarbene Seidenband war ganz häßlich anzusehen, grauschwarz. Roland war froh, daß Marthas Gesicht bedeckt war. Er mußte sich auf das Mäuerchen setzen, das das stehende, tiefe Wasser einfaßte. Zur Sicherung war ein gut meterhoher Drahtzaun. Eine kleine Gittertür, die sonst stets verschlossen war, stand offen. Dieses offen stehende Türchen war dem Hausmeister sofort aufgefallen, dann hatte er das Bündel am Rechen entdeckt. »Sie kann sich unmöglich selbst in die Steppdecke gewickelt haben und so ins kalte Wasser gesprungen sein«, sagte er wohl schon zum fünften Mal. Einer der Polizisten war innerhalb der Einzäunung und maß die Plattform vom Zaun zum Wasser. Es war schmal. »Sie waren zuletzt bei Martha«, sagte der Arzt zu Roland. Dieser schaute erstaunt auf. Karin schaute ihn außerordentlich böse und verächtlich an. »Nur zehn Minuten«, sagte dann Roland. »Ist ja nicht wahr«, schrie darauf Päule, »ich habe bis elf Uhr aufgepaßt, er kam nicht heraus.« Ein Polizist schrieb alles auf. »Und jemand anders ging nicht hinein?« »Nur Roland, das weiß ich ganz bestimmt.« »Martha sagte, sie bekomme noch Besuch; ich habe sie gefragt, ob sie Besuch erwarte, denn es sah so aus.« »Warum sah es so aus?« »Eine offene, volle Weinflasche stand auf dem Tisch mit einem Glas.« »Das ist kein Beweis.« Der Polizist, der gemessen hatte, beschaute nun das Türchen mit dem steckenden Schlüssel. »Wer wußte, wo der Schlüssel aufbewahrt wird?« fragte er, denn der Hausmeister hatte anfangs lamentiert, nur er allein habe das Versteck gewußt und hatte es gezeigt: eine Mauernische hinter einem Laden. »Der Roland hat es gewußt«; sagte Päule. »Woher wissen Sie es?« Wir kannten das Versteck vom Fußballspielen, wenn der Ball ins Wasser flog«, sagte Roland, und eine kleine Freude huschte über sein Gesicht, als er dabei Päule anschaute. »Und die Martha, hat sie auch mitgespielt und es ge-wußt?« »Nur wenn sie besoffen war«, sagte Päule dumm und böse. Der Arzt bückte sich nach Martha. »Er wird sie doch nicht auspacken«, dachte Roland erschreckt. Zwischen der klaffenden Steppdecke sah man den nas-sen Fuchspelz. Einer der Arbeiter lachte beinahe: »Martha wollte es warm haben beim Ertrinken.« »Ob sie ertrun-ken ist, muß zuerst einmal festgestellt werden«, sagte der Oberpolizist streng. Plötzlich rief Roland: »Der Brief, auf dem Tisch lag ein Brief!« Darauf ging der Arzt mit zwei Polizisten in Marthas Haus. Gleich danach fuhren sie weg, man lasse Martha bald abholen. Ein Polizist setzte sich zu Roland, die Frauen gingen weg, und die Arbeiter verliefen sich. Bald kam Karin wieder und gab Roland zwei Schlüssel, den Hausschlüssel und den für oben zu seiner Wohnung. »Falls du aus und ein willst. Ich bringe die Kinder fort, das hier ist nichts für sie.« Karins Eltern wohnten in einer entfernten Stadt. Roland wußte, daß sie einige Tage fort sein würde.

Er saß noch eine Weile und schaute das stumme Bün-del an. Als er aufstand, sagte der Polizist zu ihm, er solle sich in der Nähe aufhalten, im Falle man ihn für weitere Untersuchungen brauche. Roland ging trotzdem weg, den Pappelweg. Halb des Weges hörte er von hinten ein Auto kommen. »Wenn sie anhielte und fragte, wohin ich gehe oder sagte, ich solle umkehren, die Hausmeisterin sorge für mich; wenn sie nur langsam täte und mich anschaute, oder wenn wenigstens die Kinder lachten und mir zuwinken würden«, dachte er, aber Karin gab mehr Gas und schaute sich nicht um. Die Kinder blickten verlegen, nein sogar böse aus dem Rückfenster. Da entschied sich Roland endgültig und ging rascher. Das Dorf hatte sich ausgedehnt. Eine ziemlich neue Häuserreihe stand am Weg. Auf eines dieser Häuser ging eine alte Frau zu. Er erkannte sie von weitem, es war die alte Lehrerin. Sie trug eine Tasche vom frühen Einkauf. Roland rechnete aus, daß sie zusammentreffen müssen. Er griff sich ans Gesicht, denn er war unrasiert, und es war ihm peinlich, daß er der Frau recht verkommen erscheinen mußte im noblen Reiseanzug mit der Schlafanzugsjacke darunter. Diese Lehrerin hatte Roland einst sehr gern gehabt. Sie ihn auch. »Alle Leute mochten mich gern«, dachte er und zählte sie sich auf, die Menschen aus der Kindheit, die Freunde aus der Studienzeit, Vorgesetzte und Kollegen aus der Fremde, die Ärzte – er fand niemanden, der ihn nicht gern gemocht hätte. Weil sie merkte, wie sehr sie ihm gefiel, und weil er denselben Namen trug wie der Held der Geschichte, hatte die Lehrerin immer wieder die Sage von Roland und Kaiser Karl erzählt. Am besten gefiel ihm die Stelle, wo der kranke Vater aufwachte, den erschlagenen Riesen ohne Kopf, Hände, Schild und Zier vorfand und seinen Sohn, der, vom Kampf mit dem

Riesen übermüdet, schlief, weckte: »Auf, Roland, wir haben Ruhm und Ehre verschlafen!« Dies und auch das vom Edelstein, der durch alle Taschen leuchtete und den Ritter Roland in große Blätter wickeln mußte, damit der Vater ihn nicht wahrnahm, erzählte sie besonders schön. An dieser Stelle der Geschichte hatte er immer an die Blätter gedacht, die bei ihnen am Hang wuchsen, die aussahen wie Rhabarberblätter und doch keine waren. »Wenn sie stehenbleibt und fragt, wie es mir geht!« Er sah aber, wie sie erschrak. Seinen Gruß erwiderte sie nur murmelnd, sie schaute vorwurfsvoll, verächtlich oder gar böse. Beim Anblick der frischgebackenen Seelen, die aus ihrer Tasche ragten, krampfte sich sein hungriger Magen zusammen. »Die alte Schachtel hat selber Ruhm und Ehre verschlafen«, murmelte er vor sich hin, und lauter sagte er zu sich: »Und ich habe Ruhm und Ehre versoffen.« Dann bog er ab zum Wirtshaus. Da fuhr das Polizeiauto und hinter ihm der Totenwagen ins Tal.

Der Wirt stand auf der Treppe. Er begrüßte Roland nicht einmal: so, als ob er die letzte Nacht bei ihm gewesen wäre. »Was ist denn bei euch los, ist etwas passiert?« »Die Martha hat sich ertränkt.« Roland bestellte ein Frühstück: Seelen mit Butter. Während der Wirt in der Küche war, kam ein Nachbarsmädchen hereingesprungen: »Der Roland hat die Martha umgebracht.« Zitternd stellte der Wirt Roland das Frühstück hin. Bald danach kam jener Polizist, der zuvor neben Roland auf dem Mäuerchen bei

Martha gesessen hatte, in die Gaststube. Als er sah, daß
Roland nur Kaffee trank, setzte er sich zu ihm und redete
ihn freundlich an. Ja, Martha habe es selber gemacht. Im
Brief stehe, man solle niemanden verdächtigen. Von ihm,
Roland, stehe auch etwas darin, sie müsse ihm aus dem
Weg sein. So etwa. Darauf erklärte der Polizist lang und
breit, wie leicht das sei, sich in eine Steppdecke einzu-
schnüren und sich so ins Wasser zu rollen. Roland könne
gehen, wohin er wolle, er selber müsse jetzt zum Dienst.

Der Wirt hatte die Ohren gespitzt. Als der Polizist
fort war, fragte er Roland: »Wieder den gleichen?« Roland
war bald schwer betrunken. Am Abend schleppten ihn
die Wirtssöhne in ihr Auto. Wie vordem fanden sie in
seiner Hosentasche Haus- und Zimmerschlüssel und legten ihn in sein Bett.

Es dauerte eine ganze Woche, bis man Martha beerdigen
konnte. Ihre Schrift und sie selber mußten genau unter-
sucht werden. Viele Menschen waren bei der Beerdigung,
sie war eine bekannte Persönlichkeit. Der alte Probst und
Karin vertraten die Fabrik. Der Pfarrer sprach schön.
»Wer von Euch ohne Sünde ist, der werfe den ersten
Stein.« Das Schicksal habe es nicht gut gemeint mit ihr,
sie sei nicht dazu erzogen worden, einen Mann zu stehen;
sie habe nie jemandem etwas zuleid getan. Im Grunde sei
sie eine gute Seele gewesen, er wisse von großen Geld-
spenden für Erdbebengeschädigte und Notleidende in

der ganzen Welt. Am Ende weinten sogar etliche um Martha, weil sie so viel geliebt habe.

Weil es im Sommer war, mußten die Bauern heim zur Arbeit. Im Wirtshaus saß Roland am großen, runden Tisch und stierte vor sich hin. Etwa zwölf Männer setzten sich zu ihm. Es waren Männer aus der Fabrik. Der Schreiner war ebenfalls dabei. Zuerst lobten sie den Pfarrer und wiederholten alles, was er gesagt hatte. Roland legte den Kopf auf den Tisch. Sie dachten, er schlafe. Der Schreiner sagte, er müsse bald gehen, er habe versprochen, an diesem Tag noch einen Schrank einzubauen. »Was gibt es schon zu essen? Also Bratwürste und Brot.« Alkohol bekomme ihm vormittags nicht, er müsse etwas dazu essen.

Dann kam der junge Probst in das Lokal. Er war eben von seiner Reise zurückgekommen, als die Leute vom Kirchhof gingen. Der Taxifahrer hatte ihm aber schon erzählt, was passiert war. Dieter tat, als sähe er Roland nicht. Er verhandelte eine Weile mit dem Wirt und gab ihm Geld. Darauf klopfte er Roland auf die Schultern und sagte nur: »Komm!« Er stand sofort auf und ging mit, ohne im geringsten zu schwanken. Bevor er zum Bruder ins Auto stieg, schaute er entsetzt den Pappelweg entlang. »Nein, nicht dahin, dein Koffer ist im Auto.« Als sie schon fuhren, sagte Dieter: »Du bist eine Woche zu früh gekommen.« »Genau eine Woche«, wiederholte Roland. »Am Freitag bin ich gekommen, und jetzt ist wieder Freitag. Das ist haargenau eine Woche.« Er sagte so etwas

151

ähnliches immerzu, lachte sogar dabei und schlug sich aufs Knie. Zuletzt schrie Dieter ihn an: »Jetzt hör' endlich auf damit. Du kannst es ja noch deinen Ärzten sagen.«

»Eine Frau muß einfach einen Mann haben«, brüllte einer und schlug dabei mit der Faust auf den Tisch, daß die Bratwürste des Schreiners im Teller hüpften. »Das mußt gerade du sagen.« Darauf wurde dieser kleinlaut und sagte: »Ja, schon seit zwanzig Jahren droht sie mir mit dem, was Martha getan hat.« »Und die Meine sagt, sie könnte sich alle Haare ausreißen, weil sie geheiratet hat.« »Warum verhaust du dein Weib auch?« »Ihr wißt ja, wie unsere Jungen sind, wegen denen.« »Und doch ist es das Richtige für eine Frau, wenn sie einen Mann hat«, ließ der Tischklopfer nicht locker. »Aber eine ist in der Pfarrei, die braucht keinen, die hat ein famoses Leben, auch ohne Mann.« »Ach die, die ist toter als Martha«, sagte darauf der Schreiner und zum Wirt: »Bezahlen!« Was an diesem Tisch heute verzehrt werde, sei alles bezahlt. Der Schreiner ging, die anderen Männer bestellten ein neues Bier.

Dem Schreiner war leicht übel. »Ich werde mich noch eine Stunde aufs Sofa legen.« Darum kürzte er den Weg ab. Dazu mußte er über den Friedhof gehen. Als er um die Kirchenecke bog, hörte er ein schepperndes Geräusch. Und dann erschrak er: Klara, von der er eben gesagt hatte, sie sei toter als Martha, war dabei, sich einzugraben. So meinte er zuerst. Er blieb wie angewurzelt stehen. Sie stand mitten auf dem Grab ihrer Mutter, das neben dem Fabrikantengrab war, und warf ganz rasch und zornig Erde von dort auf Marthas Kränze und Schleifen. Wenn die Lehmbollen trafen, schepperte es. Der Schreiner begriff endlich. Vom Ausheben des Grabes war Erde dahin geraten. »Sicher hat Klara sich nach der Beerdigung umgezogen und von einem Kind eine Schaufel erbettelt, denn es ist ja eine Kinderschaufel, mit der sie hantiert. Klara muß sich maßlos über die Lehmerde geärgert haben, wenn sie sie so wütend auf Blumen und Atlas schleudert.« Das waren so die Gedanken des Schreiners. Nicht daß der Lehm ein besonders schön gerichtetes Grab verwüstet hätte! Eine einfältige, immergrüne Kriechpflanze bedeckte es ganz, nur vorne, beim Weihwasser, war eine fast verdorrte Primel. Alle Gräber hatten bereits Sommerbepflanzung, Klara hatte sich noch nicht entschließen können, ihr schönes Pflänzchen wegzuwerfen.

In der Hockstellung müssen Klara die Beine wehgetan haben. Steif richtete sie sich auf und klopfte und strich lange an ihrem hellgrauen Faltenrock. Danach bückte sie sich nur noch, um weiterzuschaufeln. Da sah der Schreiner ihre geraden Pfostenbeine hinauf und ein breites Stück eines weißen Spitzenunterrocks. Da wurde ihm grausam schlecht. »Ich kann doch nicht vor die Kirchentür kotzen«, dachte er und rannte rasch an Klara vorbei. Es reichte ihm gerade bis zum Abfallhaufen. Klara hatte sich nicht einmal umgeschaut.

Mundartbegriffe

Blähmühle = Gebläse für gedroschenes Getreide
Bohnenbrätschen = Bohnen aushülsen
Brechmühle = Schrotmühle
Briezmühle = Heuhäckselmaschine
drimmelte = taumelte
gomen = das Haus hüten
Grind = Kopf (hier: Ohrfeige)
gspäßig = sonderbar
Heinzen = Gestell zum Grastrocknen
Hochstuben = Unterhaltung zwischen Verwandten
hofrecht = ungeniert
Holzschopf = Holzschuppen
IBO = Internationale Bodenseemesse
Lachengolker = Güllenpumpe
nettelen = z. B. Blumensträuße binden
Nuster = Rosenkranz
Öhmd = zweite Heuernte
päp = kleinlich, beinahe geizig
Runkelkisten = Rübenkisten
Schlupfer = Muff
suchtet = immer wieder einmal krank sein
Tafel = Bild
Wachsrugel = meist verzierter Wachsstock für den
                        Totengottesdienst
wislos = verwirrt
Zuckerguckel = Zuckertüte

**Peter Blickle und
Franz Hoben (Hg.)
Maria Beig
Das Gesamtwerk**
5 Bände, im Schuber,
1928 Seiten, gebunden
mit Schutzumschlag
und Lesebändchen

»Eine verlegerische Großtat! Es ist eine Prachtausgabe!«
Südkurier

»Ihre Bücher waren und sind für mich ein Anstoß.
Ein Anstoß, ein Schmerz, eine Freude.« **Arnold Stadler**

»Bei ihr ist alles wahr. Das lässt keinen unberührt.«
Frankfurter Allgemeine Zeitung

»Unvergessliche Szenen. Große Literatur.« **Die Zeit**

KLÖPFER&MEYER

Kurt Oesterle
Der Fernsehgast oder
Wie ich lernte die Welt zu sehen
Roman
160 Seiten, Paperback

»**Ein wichtiges Buch, eine universelle Geschichte – und sehr, sehr schön erzählt, voller Sprachbrillanz.**« Deutschlandradio

Eine Art Heimat- und Dorfroman, die etwas andere »Beschreibung eines Dorfes« um 1960: Ein Junge im Alter von acht, neun Jahren erlebt den Einbruch des Fernsehens in die fast noch archaische, ganz bäuerlich-handwerkliche Welt seines Fleckens.

KLÖPFER&MEYER

**Joachim Zelter
Die Würde des Lügens
Roman**
264 Seiten, Paperback

»Wundervoller Schelmenroman, der filigran, frech und unterhaltsam ist.«
lift Stuttgart

»Es geht vor allem um die Würde unserer – verlogenen, unvollkommenen – politischen und gesellschaftlichen Wirklichkeit.« **NDR Kultur**

»Fulminante Szenen. In Joachim Zelters Roman wird es von Geschichte zu Geschichte absurder.« **Deutschlandfunk**

»Einer der bemerkenswertesten Autoren Deutschlands.« **Rhein-Neckar-Zeitung**

KLÖPFER&MEYER